幼
いて
トのなか

「なんか突然生えた」
祭原《さいはら》 牧《まき》

osaNYAnajimi
「……え」
奈爪《なつめ》 一歌《いちか》
それはまぎれもなく、白猫の耳だった。
髪の毛をかきわけてしっかりと、
根元から生えていた。

「祝福?」

osaNYAnajimi
「その肉球ですけど、私は呪いではなく
『祝福』と呼んでいます」
生水《きみず》神主

猫の仮装コンテスト
osaNYAnajimi

仮

osaNYAnajimi
ふたりの日常
止まれ

幼馴染は、にゃあと鳴いてスカートのなか

半田　畔

角川スニーカー文庫

24219

CONTENTS

osaNYAnajimi

口絵・本文イラスト／にゅむ　デザイン／小木曽和希（LUCK'A Inc.）

CONTENTS

日本で一番多く猫が住む町として「宮毛町《みやけちょう》」が知られるようになったのは、いまからおよそ一三年ほど前。私がまだ三歳の頃だ。以来、ライバルが存在するかどうかもわからないその地位を、町は現在にいたるまで強固に守り続けている。

当初は野良猫の管理や保護に頭を悩ませていた町も、やがて方針を変えて猫を観光資源として打ち出すことに決めた。商店街には必ず猫に絡んだ食べ物やグッズ、雑貨が並ぶようになり、いまでは町の風景の一部と化している。個人的には精肉店が競うように売っている「宮毛猫コロッケ」と「宮毛猫メンチカツ」が美味《おい》しくておすすめ。

この町に入ったとたん、数分歩けば、そのひとは必ず猫に出くわすことを知る。観光客の多い商店街の路上で堂々とくつろぐ肝の据わった子、軒先で日向《ひなた》ぼっこをするのんびりな子、屋根を楽しそうに飛び跳ねる元気な子、誰かの中庭に定期的にしのびこんでご飯をもらう強かな子。猫にまつわる話題には、ことかかない町だ。

そしてそんな話題のなかには時々、不思議な話が混ざることもある。たいていは都市伝説めいた怪しげな話で誰も最初は信じないのだが、それでも絶えることなくまた別の話が広まるので、いつしか町民の間でこうささやかれるようになった。

『この町に住む猫は時々、人を呪うことがある』

語られる内容はひとによってさまざまだ。ある猫に出会ったのがきっかけで、時間を飛び越えてしまったというひと、自分の性別が変わってしまったというひと、あとは二度と家の外に出られなくなってしまった、なんていうひともいる。この町に長く住んでいれば、誰もが一度はそんな種類の話を耳にする。

私も何度か、学校の友達や家族から聞かされたことがある。けれどいまだにどの話も半信半疑だし、みんな一つはそういうネタを持っていないと格好がつかないと思って、無理やり用意しているだけな気がしている。

そしてかくいう私も、そういう話を一つだけ持っている。

たとえば、幼馴染《おさななじみ》の体が猫に変わっていくのを目撃した話、とかはどうだろう？

第一章　猫をかぶる

1

「にゃあ」

民家の塀の上でたむろする三匹の猫に話しかけると、一目散に逃げられた。あとには愚かなクオリティの物真似をした女子高生だけが取り残された。どれだけ猫をかぶって取り入っても仲間には入れてもらえないし、本物にはやはり見透かされてしまう。

あきらめて離れようとしたとき、一匹の三毛猫がもどってきてくれた。体が白く、両方の耳が茶色と灰色でチャーミングな子。すらりと足の長い美人さんでもある。女の子だ。無粋に下半身を確認しなくても、性別がわかる。この町に長く住んでいるおかげで身についた特技の一つ。

この子は三丁目と四丁目の間をテリトリーにしている「ミミ」ちゃん。両方の耳の色が違って特徴的だから、前からそう呼んでいる。野良猫に名前をつけるのはこの町ではマナー違反だけど、たぶん皆、覚えるためにやっていると思う。野良猫には一匹ごとにきっと名前がたくさんある。それだけ愛されている証拠ともいえる。

「ニャア」

「にゃあ」

懲りずにそのまま真似して返してみる。やはり似ない。人間と猫では使っている発声器官が違うのだから、似なくて当然なのだけど。

私の物真似に呆《あき》れることなく、ミミちゃんはその場にとどまってくれた。すかさずスマートフォンを取り出し、撮影を開始した。ミミちゃんはご飯をくれると思ったのか、取り出したスマートフォンを凝視してくる。

「いいよ、いいよぉ、はいもう最高いいよぉ！　んふふふ」

シャッターの音にまぎれて、濁った人間の声が漏れる。ついでによだれも垂れそうになる。ぬぐいながら撮った写真を確認して、満足する。前につくっておいたミミちゃんフォルダに写真をすぐさま格納する。

「ニャア」

ミミちゃんがまた鳴く。それから右の前足をふっと、空気を殴るように一瞬だけ浮かせた。催促されたとわかり、鞄《かばん》からブツを取り出す。小さなポリ袋に入れたかつおぶし。

ミミちゃんが座る塀の上に、袋を開けてそっとかつおぶしを出す。ものの五秒で食べ終えて、契約が完遂したみたいに、飛んで立ち去って行った。どの猫様にも平等になるよう、同じポリ袋に同じ量のかつおぶしを入れている。ぴったり五グラム。鞄には常に一〇袋はしまっている。

ちなみに勝手にご飯をあげるのも本当はルール違反だ。少し歩けば電柱に見慣れた看板が取り付けられていて、黄色い大きなフォントの文字でこう書かれている。

『猫に人間の食べ物を与えないでね！』

文字の横には特定の種類への想起を避けるために配慮された黒いシルエットの猫に、ひとの手が描かれている。食べ物という単語の前に、人間の、と言葉をつけるあたり、この町らしいなと思う。町側もご飯をあげること自体の規制はとっくにあきらめていて、せめて猫の害になるものは与えないで、と訴える程度にとどめている。見過ごされる違反というのもこの世にはあるらしい。きっといつまでもエスカレーターの片側は空けられ続けるし、前日の夜にこっそりゴミも出される。

猫にまつわる規則はぱっと思い出すだけでもあと三つくらいは挙げられる。それもこれもこの宮毛町《みやけちょう》が、「日本で一番多く猫が住む町」たるゆえんだ。

猫の町として宮毛町が騒がれ始めたのは、私が三歳の頃。その数年前からなぜか猫が住み着くようになり、急激に数が増えていった。昔から住んでいた父はいままでこんなことはなかったと言い、母は私が生まれたから猫が増え始めたんだ、と重なった時期を都合よく解釈しておだててきた。そんな縁もあって、私が町中の猫を好きになるのに時間はほとんどかからなかった。一三年経ったいま、高校二年になる私を見てまさかここまで猫に取りつかれるとは思っていなかったようだ。教育の賜物である。私のせいではない。

猫様に吸い寄せられて寄り道したせいで、いつもより一〇分ほど登校に遅れていた。スマートフォンに電話が入り、確認するとクラスメイトの桜《さくら》ちゃんだった。走りながら電話に出る。

「もしもしミミちゃん」

「ミミちゃんじゃない。いま誰と間違えた？」

「あ、ごめん。従姉《いとこ》。従姉と間違えた」

「一歌《いちか》に従姉はいないよね。また猫と戯れてたでしょ」

嘘がすぐに見抜かれる程度には、付き合いの長い桜ちゃん。高校に入って初めてできた友達だ。

「だってミミちゃんが可愛くて。前見せた耳の色が左右違う三毛猫。覚えてる？」

「一歌のスマホに無限に入ってるフォルダのなかの一匹でしょ。知らんけど」

「猫様にも多数の種類があらせられてそれを一匹様ごとに愛させていただきかつ分けさせていただくと、それはもうごたいそうな数になりけり」

「落ちついて、敬語崩壊してる。無理するな」

ちなみに友達になったきっかけは、桜ちゃんの家で飼っているスコティッシュを見に行かせてもらったことだ。初めてお邪魔したとき、色々な角度から一〇〇枚以上は撮らせてもらった。

「早く来なよ。さすがに二年生初日の遅刻は格好悪いよ」桜ちゃんが心配してくれる。

「うん、いま走ってる」

「クラス発表もうされてるからね」

「今年も一緒だった？」

「猫より早く走って、確認しにこい」

電話が切れる。急がないとな、と速度を上げる。走るのは昔から好きで、わりと体力もある。陸上部に何度か誘われているけど、断っていまだに帰宅部である。放課後には町を散策して猫と戯れるという、とても大事なライフワークがあるから。

猫はすっかり町のシンボルとなり、受け入れられ、いまではどこでもその姿を見かける。路上に、民家の塀に、商店街の店のひさしの上に、誰かの家の庭に。

「ニャア」

今日もまた、どこかで声がする。

「で、遅刻したと」

息を切らして膝《ひざ》に手をつきながら、昇降口で待ってくれていた桜ちゃんの説教を食らう。

結局、あのあと別の場所で二匹の猫と撮影会をした。撮影に満足して、画面端に表示された時刻を見て血の気が引いたあと、ここまでノンストップで走り抜いてきた。桜ちゃんの長いポニーテールは伸ばせばそのままゴールテープとして流用できそうだったけど、到着したとき、そんなことはもちろんしてくれなかった。

「遅刻してない。セーフだよ。大丈夫、まだ六分ある」

「いいから早くクラス確認しておいで」

促されて、昇降口を入った先にある廊下の掲示板に向かう。始業時間ぎりぎりだからか、ほかの生徒の数はまばらだった。

確認してすぐ、『奈爪《なつめ》一歌』と、A組に自分の名前を見つける。桜ちゃんの名前もそばにあった。これで二年連続一緒だ。近づいてきた桜ちゃんにハイタッチを求めてみるが、当たり前のようにかわされる。

「というかクラス一緒だったのに、わざわざ待っててくれたの？　優しい」

そうだ、と思いだしたように桜ちゃんがスマートフォンを取り出してくる。

「あたしも登校する間、一匹撮ってきたんだ。可愛いよ、見る？」

「え、うそどんな子だろ見るよ見るよ見ちゃうよ」

宮毛町の猫には一応それぞれのテリトリーのようなものが存在している。彼女とは通学路が違うので、会える猫の種類が変わる。

「でもどうしようかな。可愛いからタダで見せるのは惜しいな。購買のパンが二つくらい手元にあったら、ついつい指が緩んで一歌に送っちゃうかもなぁ」

「まさか待ってた理由ってこれ……？」

「相場は変動するよ。早く決めないとさらにつり上がるよ。パン三つ」

「二つでお願いします！」

「よし。じゃあいまから購買行こうか」

「遅刻する！」

「大丈夫、まだ六分ある」

笑顔でしたたか。ぴんと姿勢が正しく凛々《りり》しくて、猫にたとえるならロシアンブルーみたいな子だけど、一緒のクラスになったことを本当に喜んでいいのか、ちょっとわからなくなってきた。

腕を引かれて掲示板から離れかけたそのときだった。

窓の外の庭に、さっと横切る物体が見えた。反射で体が動き、窓に張り付く。やはり猫。きれいな白い毛並みの子だった。完全な白猫というわけではなく、毛先が淡い桃色をしている。

「あの子、この辺で見たことない……」

「教室につくのにあと何時間かかる予定？」

呆れるように桜ちゃんが溜息《ためいき》をつく。

「いや、本当に見たことない子なんだよ。新しく産まれた子猫ってわけでもなかったし、なんだろ、新入りさんかな？　私のフォルダのなかにもない」

窓の枠外に白猫が歩き去ってしまう。

追いかけようと掲示板をはさんで隣の窓に移動しようとして、私の足は、そこでまたしても止まる。

視線が吸い寄せられたのは、A組のクラス名簿にあった、一人の名前。

『祭原《さいはら》 牧《まき》』

その名前の引力に、どうにも動けなくなる。

猫を追いかけることさえ忘れさせる、唯一の存在。

祭原牧。今年は彼女とも、同じクラス。

「今度は何？」桜ちゃんが同じ方を見てくる。

「あ、いや、なんでもない。やっぱ行こう」

彼女の名前から逃げるように、背を向ける。

桜ちゃんは高校入学以来、私の猫好きな性格に呆れることなくかまってくれる、大切な友達の一人だ。

けれど私には。

誰よりも付き合いの長い、一人の幼馴染《おさななじみ》がいた。


A組の教室に入ってすぐ、祭原牧を見つけた。にぎわう生徒たちのなかから彼女を見つけるのは、宮毛町で猫を見つけるくらい簡単なことだった。

窓際から二列目、前から三番目の席。くねくねと曲がった天然パーマの黒髪。学校指定のブレザーの下に必ず着ている灰色のパーカー。不機嫌そうに眉《まゆ》をひそめ、肘《ひじ》をつき、拳《こぶし》は頬から離れない。

そんな彼女に、誰も話しかけようとしていない。と思ったら、一年のときと同じクラスだったのか、女子生徒が牧に声をかけた。一言ふたこと交わしただけで、気まずそうに笑い、女子生徒が去っていく。女子生徒は別のグループに加わり、こわばった顔から緊張がほどけていった。中学校の頃、牧と同じクラスになったタイミングで、何度となく見たことのある光景だった。

黒板の前に席順表が張られていて、確認する。パンを二つ抱えた桜ちゃんはとっとと先に確認して座ってしまった。一人取り残され、急いで確認する。五十音順に並んでいるらしく、私は牧と同じ列の、一番後ろの席だとわかった。

席に向かう途中、彼女の顔を真正面から眺めてしまった。視線に気づいたのか、向こうも顔を上げてきて、必然的に目が合った。足を止めなかったのが奇跡だ。

どうする。

何か話すか。

もう一年以上、口をきいていない。

牧は表情をほとんど変えない。眉がぴくりと、少し上がっただけだった。その様子だと、彼女もクラス表で私の名前を見つけていたのだろう。

考えても、かけるべき言葉がさっぱり出てこない。せめて気まずくならないよう、このまま足を止めないようにするのが精いっぱいだった。

さらに一歩近づいた瞬間、スイッチを踏んだみたいにチャイムが鳴った。それが視線を離すきっかけだった。

さきに目をそらしたのは、牧のほうだった。

祭原牧がよその町から転校してきたのは、小学校二年の終わりごろだった。そのときはほとんど話さず、お互いに別のグループでつるんでいたと思う。三年生になってクラス替えがあり、そこでまた同じクラスになった。

最初に話したのは課外授業で、町に住んでいる猫を写生してみようという内容のものだった。学校の決めた範囲内でお気に入りの子を見つけて描き、優秀なものは町の役場に飾られるという。

小学校の裏手に小川の流れる通りがあって、そこのベンチでくつろいでいたトラ猫を私は描くことにした。トラ猫の昼寝を邪魔しないように、少し離れたところにあるベンチに座って描いていると、別の離れたベンチにもう一人、同じような姿勢で、同じトラ猫を描いている子がいた。それが牧だった。

向こうも私に気づいて、トラ猫をはさんで目が合った。トラ猫を見ないといけないのに、なぜか不思議と目を合わせつづけた。どちらが言い出したかは覚えていないけど、私たちは授業の終わりに、描いた絵を見せ合った。それが仲良くなったきっかけ。

登校時も、昼休みも、放課後も、休みの日も、何をするにも牧と一緒だった。クラスメイトの何人かと遊ぶときも、そのグループのなかには必ず牧がいた。

牧といるときの自分は、ほかのクラスメイトの子と一緒にいるときの自分とは、何か明確に違った。どちらかといえば親といるときの自分に近い気持ちだった。親友という言葉がどうしてあの漢字なのかが、牧といれば答えがわかる。変な気を使う必要もなかったし、朝一番に見たいと思うのはいつも牧の顔だった。

当時の牧は、いつも白いキャップをかぶって登校していた。授業中にもかぶっているときがあって、担任教師はいつもそれを注意していたが、牧がキャップを取ることはなかった。何か特段の事情があるのかもしれないと気づいたのか、担任はやがて注意をしなくなった。あとでこっそり牧に理由を聞くと、単純に「好きだから」という答えが返ってきた。

牧と特に仲の良い私に目をつけて、担任が職員室に呼び出して、キャップのことを聞いてきたことがあった。嘘を考えるのが大変だった。

中学校に上がる直前、牧の家でお泊まり会をした。一緒のベッドに寝て、彼女が手を握ってきた。

「一歌とは中学校も一緒だけど、高校も、それから大学も一緒にいる気がする。そうやってそばを離れない気がする」

「私もなんとなくそう思う」

「呪いみたいに」

「呪い？　なんか嫌な響き」

そっちが呪いの元凶だ、と押し付け合い、じゃれ合った。ひとしきり笑ったあと、牧が言った。

「じゃあ祝福」

「しゅくふく？」

「最近読んだ小説で覚えた言葉。祝福。呪いの反対の言葉だと思う」

「いいね。私たちはずっと、そばにいる祝福にかかっている」

祝福が途切れたのは中学二年の終わりごろだった。親の都合で牧が引っ越すことになったのだ。私はその話（当時はまだ噂だった）を別のクラスメイトから聞いた。

牧に問い詰めると本当で、引っ越し自体にもショックを受けたけど、何より私はその話を牧本人から一番に聞けなかったことがとても悔しくて、悲しかった。それで彼女を一方的に責めた。牧にも言い分があって、しばらく譲らない日々が続いた。会ってからここまで激しく喧嘩《けんか》したのは初めてだった。それでも数日経って牧が謝ってきて、私も同じように謝った。

引っ越しは三年の七月と決まった。牧は会うたびに家出をするとか、一人暮らしをするとか、一緒に住むとか、そういう話を本気なのか冗談なのかわからないトーンでしきりにするようになった。答え方が見つからず、否定も肯定もせずに笑った。祭原家の家の事情に私は首をつっこめないし、変えられる資格も力もない。

引っ越しの日が迫ってきて、最後にどこか、行き先も決めず遠くに遊びに行こうと牧が提案してきた。猫がする旅みたいで面白そうだと、普段なら思ったかもしれない。

だけど最後という言葉に私はひるんでしまった。その旅が終わったらもうこうして牧とは会えなくなる。頻繁に同じ場所に通って、同じところで笑って、同じ時間に遊ぶこともできなくなる。そういうあらゆる事実が急に襲いかかってきて、動けなくなった。

決めていた旅の当日、私は風邪を引いたと嘘をついて、待ち合わせ場所の公園に行かなかった。そこは町が運営している広い運動公園で、公園内にある小高い丘の上が待ち合わせ場所だった。

牧はずっとそこで待ち続けていたという。

私の風邪が嘘だとわかっていたから。

それでも思いなおし、私が来ると信じていたから。

結局、私はそこに行かなかった。祝福がそれで途切れた。

翌日、教室で牧は口を利いてくれなくなった。私は何度も謝って、理由も説明したけど、牧は許してくれなかった。それで私も意地になり、自分から謝ることはなくなった。

その一ヶ月後、牧の引っ越しが取りやめになったことを知った。またしても牧の口からではなく、私はそれを母から聞いた。牧の母親から私の母親に伝えられた話だった。夜だったので電話をかけたがつながらず、仕方がないので翌日、通学路で牧を待ち伏せて挨拶《あいさつ》をした。引っ越しは避けられて、これからも一緒にいられる。これで修復されると思った。

牧は私を無視して通り過ぎた。彼女はもう自分を許す気はないのだと、そのとき悟った。たった一度、約束をすっぽかしただけなのに。いや、牧にとってあの旅はそれほど大事なものだったのかもしれない。だけどそれを確かめる機会はもうない。

中学三年の後半は一度も話さず、私はほかのクラスメイトたちと過ごすようになった。

牧は一人になっていた。高校の進学先が一緒になったとわかったときも、それがきっかけで話すことはなかった。高校生になり、クラスが初めて別れて、とうとう顔を見る日さえなくなった。牧がどう過ごしているかも知らないし、私は町の猫を愛でるのに忙しく、そんな日々が次第に楽しくなっていた。

だからやっぱり、あれは呪いだったのだと思う。

ごとん、と後頭部に重い衝撃が走って、そこで爆睡から目が覚めた。新しいクラスの新しい席の新しい机には、快眠効果があるのかもしれない。気づけば二年生最初のホームルームが終わり、教室はにぎわっている。

横を見ると桜ちゃんが立っていて、その手に国語辞書を持っていた。後頭部を直撃したものの正体にぞっとする。

「知ってる桜ちゃん？　辞書って言葉を調べるためのもので、人の頭に落とすためのものじゃないんだよ？」

「知ってる一歌？　ホームルームは快眠のための時間じゃないんだよ？」

「なんでよりによってそんな重いものを落とすの……」

「言葉って重いんだよ」

「意味がわからないよ」

四の五の言っているうち、辞書をまた落とされそうになる。今度は必死にあらがって、なんとか逃れる。

やり取りを終えて、伸びとあくびをひとつずつ。

「いや、昨日徹夜で猫グッズつくっててさ。お手製ねこじゃらし。でもおかげで可愛いのができたんだよね」

「ほんと、飼えないのによくやるよね、一歌の猫グッズＤＩＹの趣味」

私の家は父が猫アレルギーなので飼えない。この町の繁栄を喜べないひとがいるとすれば、それはたぶん父だ。だからつくったＤＩＹグッズはすべて、町の野良猫たちに遊び相手になってもらうための道具になる。

桜ちゃんがスポーツバッグをかつぎ、立ち去ろうとする。

「それじゃあたし、このまま部活だから」

「陸上部は偉いね。始業式の日も休まない」

「あと、一歌が寝てる間に担任が勝手に委員会のメンバー決めてたから。ちゃんと確認しとくんだよ」

「え、うそ！　私なんかに入れられた？　保健委員？　それか放送委員？　もしかして体育祭実行委員？　あれ嫌だよめんどくさそう」

「はっきり言ってやる。寝てたあんたが悪い」

「言葉って重い！」

突っ伏す私を置いて、桜ちゃんがとっとと教室を出ていく。諦《あきら》めて立ち上がり、黒板に書かれた割り当て表を順番に確認する。

保健委員にも放送委員にも、それから体育祭実行委員にも私の名前はなかった。何人か知っている名前があって、一年生のときによく居眠りしていた生徒たちだった。物言わぬ生徒を完全に標的にした割り当てだった。

最後の方になり、「美化会員」の欄にとうとう自分の名前を見つける。美化委員。何をするのだろう。校内清掃とかそういうのだろうか。まったく想像できない。

ふと、横に一つだけ並ぶ名前を見て、そんな活動内容の心配が一瞬で意識の片隅に吹き飛んでいった。

『祭原牧』

私は彼女と同じ委員会のメンバーになっていた。

職員室前の壁にある座席票から、担任の名前を見つける。小早川《こばやかわ》先生。体育の先生で、短い茶髪で眼鏡と隈《クマ》をいつも装着しているひと。時代が許せば竹刀とか持っていそうなイメージだが、そんな先生だとしてもいまは立ち向かわなければいけない。絶縁中の幼馴《おさな》染《な》《じみ》と今さら一年間も、ことあるごとに顔を合わせるのは避けたい。

職員室のドアをノックしようとした瞬間、その手が空振りして、目の前のドアが開いた。そこに祭原牧が立っていた。エンカウントが早すぎる。

想定外の事態に体が固まる。向こうも、昔からの半開きの気だるげな瞳《ひとみ》を、わずかに大きく見開く。

「あ、えと」

「……邪魔。どいて」

わきに避けると、素早く早歩きで去って行った。いまのが一年半ぶりの会話だった。

何秒、あるいは何十秒そこに立っていただろう。我に返って「失礼します」と職員室に入り、小早川先生の座席を目指す。

先生はホットコーヒーを飲もうとしているところだった。シュガースティックをコーヒーに投入している。デスクの脇にはすでに使われたシュガースティックの包みが四本転がっていた。

「奈爪か。まさか委員会のことで文句言いに来たんじゃないだろうな」

「え、どうしてわかったんですか」

「やっぱお前もか。まったく信じられないな」

そのコーヒーほどじゃないと思う。

言葉を飲み込んで、代わりに尋ねる。

「お前もって？」

「祭原もいまさっき注文つけにきたんだよ。委員会を代えてくれって。理由を尋ねたらお前と一緒なのが嫌らしい」

それで職員室にいたのか。

考えと行動が重なっていたらしい。

「そっちも同じ理由か？」

「ええ、まあ、はい……」

「なら祭原のときと返事も同じだ。答えはノーだ」

砂糖入りコーヒーを先生が一口すする。コーヒー入り砂糖と表現したほうが正しいかもしれない。先生が何かの病で倒れる前になんとか説得しなければいけない。

「お願いします。牧と一年間はちょっと難しいです」

「生徒間のいざこざなんて知ったこっちゃない。ぐーすか寝てたお前らが悪い。それにずっと顔突き合わせてやるような仕事でもないんだから、我慢しろ」

「そもそも美化委員って何するんですか？」

「校内および敷地内の美化活動。A組にやってもらうのは、放課後に学校の敷地内を見回って、入りこんだ猫を追い出す仕事だ」

猫、という単語にうつむきかけた顔が上がる。我ながらわかりやすい性格だ。

「それって猫と会って遊べるってことですか？」

「違う。追いだすって言ったろ」

「でも追いだすには見つけないといけないですよね？　つまり会って遊んだあと穏便に向こうから立ち去ってもらう方法でもいいわけですよね」

「怖い怖い怖い、そして近い。ちょっと引くわ」

「そのコーヒーもけっこう怖いし引きます」

どさくさにまぎれて言ってしまった。

しかし先生は無視して続ける。

「そんなに猫が好きなら、適役じゃゃん。決定ね」

「あ、いやでも牧とは……」

「いいからやれ。ちなみに私は猫は嫌いだ。タバコ吸ってるとあいつら絶対に寄ってくるんだよ」

「嫌いなんですか、この町に住んでるのにもったいない」

「前はこういう町じゃなかったんだよ。最近はまたとくに変化が激しいし。右も左も、上下左右も猫、猫、猫」

　先生の言うとおり、都心のベッドタウンの一つに過ぎなかったはずの宮毛町は、ここ数年は外からの猫好きな移住者を特に増やしている。観光客も年々増えていき、町は季節ごとに猫に絡んだイベントも開催するようになっている。

　去年、勢いづいた宮毛町は、世界で一番猫が住む町としてギネスブックに認定できないか真剣に検討していた。調べた結果、イタリアのシチリア島の南にあるマルタ共和国という小さな島国に、七〇万匹の猫が住んでいることがわかり、ギネスへの挑戦をひそかにあきらめたらしい。町内の正確な猫の数は私も知らないけど、少なくとも七〇万匹より下なのは確かだ。

「わかったらとっと行け。明日《あした》から早速やってもらうからな。放課後、もう一度こい」

以上解散、と言い終えて、猫を追い払うみたいに、しっしと手で払われる。諦めて立ち去ることにした。

職員室のドアを開ける直前、さっきの光景がよぎる。またはち合わせしないか心配で、今度はそっとドアを開けた。

もちろん牧はそこにいない。

2

猫を好きになっていなかったら逆に何を好きになっていたのか、としばしば心配される私だけど、身につける装飾品や文房具、カバンは意外にも猫に染まっていない。猫のためのグッズを集めたりつくったりすることはあっても、自分が身につけるための猫グッズはあまり使わない。そこにハマらなかった理由は、どんなデフォルメされた可愛い猫も、写実的に描かれた猫も、生きている本物には敵《かな》わないと思ってしまうから。

私とは逆で、猫グッズを集めているのは、どちらかといえば牧のほうだった。


「んぐ」

額に衝撃が走って、起きると、母が部屋に入り込んでいた。枕元につくりかけのキャットトンネルの部品があり、それを落とされたのだとわかった。入口につける予定の、プラスチックの輪っかのパーツ。

「どうしてみんな頭に物を落とす！　馬鹿になったらどうする！」

「日本史のテストで武将の名前を書く欄に『猫殿様』って書いたときから諦めてるのよ、お母さんは」

猫のシールも模様もプリントされていない無機質な目覚まし時計を見る。遅刻ギリギリの時間だった。普段はあまりこうならない。むしろ早めに家を出て周囲の猫と戯れるために寄り道している。今日はどうやらできそうにない。昨日は寝つくのに時間がかかってしまった。原因は一つだ。

お母さん、と部屋を去りかけた母を呼び止め、こう訊《き》いた。

「牧のお母さんといまも連絡取ってる？」

「最近はあまり。どうして？」

「……牧と同じクラスになった」

「あら、そうなんだ。久し振りに聞いたわ、牧ちゃんの名前」

母が続ける。

「仲直りできた？」

「あのね、会った瞬間に和解とか、人間はそんなに単純な生き物じゃないんだよ」

「猫にでもなれれば良かったのにね」

「猫様を単純な生き物とか言うな！」

「あんた牧ちゃんとの関係どうこう以前に、クラスで孤立しないよう気をつけなね？」

　面倒くさそうな顔とため息を残して、母が去っていく。数秒後に、ため息だけうつった。

　放課後が来てほしくないと思ったのは初めてかもしれない。

　結局、寄り道する時間もなく数億年ぶりに無価値な登校を果たした。今日まではオリエンテーション期間で、教科書が配られたり、時間割りが発表されたり、席替えが行われたりする。新しい席は廊下側の壁寄りの列で、またしても一番後ろだった。桜ちゃんはちゃっかり景色の良い窓側の席を確保していて、その間に挟みこまれるように、牧の席がある。

　何度か目をやったが、相変わらず周囲の人を寄せ付けない空気をまとっていた。そこにだけ退屈な絵が飾られているみたいに、誰も牧のほうを見ないし、話題も振らない。

　昼になって早めの放課後を迎える。チャイムが鳴り終えるより前に桜ちゃんが近づいてきた。「今日は起きてるぞ」とファイティングポーズを見せると、苦笑された。

「一歌は今日からだっけ、委員会。結局やるんだ」

「やらないと内申を下げそうな先生だった」

「部活は何か入らないの？」

「いまさら二年から入るのもなー、って感じ。どうして？」

「部内に委員会の子が何人かいるけど、部活を理由にいつも委員会には参加してない。何か部活に入っておけば、出なくても済むかも」

「なるほど」

　部活か。興味はなくても、何か適当に入っておけば――。

「うち来る気はない？　一歌、足速いじゃん。去年の体育祭でも目立ってたし」

「えー、でも走るの疲れるもん」

「まあ考えておきなよ。どうしても委員会が嫌なら、そういう方法もあるよ」

　思わぬ金言を残して、桜ちゃんは去って行った。牧のほうをちらりと見ると、彼女はもう席にいなかった。すでに職員室に向かっているか、あるいはサボると決めて帰ったか。とりあえず、私も席を立つことにする。

　職員室に向かいながら、部活動のことを考える。入るならどこがいいだろう。いまから新しいコミュニティに参加するのは負担がかかる。やっぱり比較的馴染《なじ》みやすそうな桜ちゃんのいる陸上部か。聞けば、校内のグラウンドよりも外で走ることが多いらしい。猫と戯れる時間はありそうだ。

　職員室前に到着すると、すでに小早川先生と牧がいた。牧がまた何か訴えていたらしく、小早川先生は首を横に振る仕草をしていた。

「奈爪も来たか、じゃあ説明始めるぞ」

先生は一度職員室内に戻り、それから近くのロッカーを開けて、長い網に箒《ほうき》とちりとり、それにゴミ袋を持ってきた。

「基本的には敷地内を見回って、入りこんでいる猫がいたら追い払う。こっそり餌づけしてる生徒もいるだろうから、そういうスポットを見つけたら撤去して」

「網は何に使うんですか？」牧が訊いた。

「木に登って出ていこうとしない猫をすくい取るため。機会は少ないだろうが。箒とちりとりとゴミ袋は、ついでに清掃活動」

先生が両方を差し出してくる。私が手を伸ばすより早く、牧が網を取った。明らかに仕事の少ない方を選んだのがわかる素早さだった。ずるいぞ、と抗議を目で訴えるが、交渉する気もないように、とっとと歩きだしていく。

先生と目が合い、残った箒とちりとり、ゴミ袋が差し出された。

牧を追いかけると、すでに昇降口を出ていくところだった。こちらが靴に履き替えるまで、当然待ってくれることはない。

「ねえ牧」

校舎沿いに進み、ちょうど角を曲がるところで追いつく。反時計回りにグラウンドのほうから中庭、裏門の周辺、教師と来客用の駐車場、と一周していくつもりらしい。仕事が始まる前に交渉しなくては。気まずくて話せない、とか言っている場合ではない。これではあまりにも業務量に差がありすぎる。

「牧ってば。その網係についてちょっと相談を」

「祭原」

「え？」

「わたしの苗字。祭原」

振り返って、いきなり拒絶される。露骨に嫌悪感を出さず、あえて感情を隠して淡々としゃべるのが、逆に嫌らしい。何度か喧嘩《けんか》したときの過去の出来事が、急に一瞬でよみがえった。やっぱり変わっていない。

「……祭原さん。相談があるんだけど。網係と掃除係の負担をもう少し調整できないかな。たとえば一日ごとに交代するとか——」

「そこ、ゴミ落ちてる」

「あはい」

捨てられた飲み物の紙パックを回収する。購買部で買ったものを不良か誰かが教室の窓から捨てたのだろう。人が猫より劣る理由の一つである。

「じゃなくて祭原さん、このままだと私が手を動かし続けることになっちゃうからもう少し調整を――」

「そこにも落ちてる」

「あはい」

割れたシャーペンの残骸《ざんがい》と、おにぎりの包装紙を拾う。こんな小さなもの、猫が誤って食べたらどうするのだ。許せない。私がいなければこの学校はだめになる。

「いやこれいつまでやるの！」

「奈爪さんは掃除が向いていると思う」

「ま……祭原さんが話をそらしてるだけだから。ちゃんと決めるからねこの問題。というか一方的に決めるからね」

溜息《ためいき》ひとつ、牧が止まる。気づけばグラウンドの隅の林に入っていた。横には金網が設置されているが、どこも朽ちてほとんど壁の役割を果たしていない。ほとんどの生徒がこないような場所に二人きりでいると、この学校にいるのは私たちだけな気がしてくる。

「放課後、先に職員室についたほうが網をやる。今日はわたしが先についた」

「わかった。それでいい」

会話が終わり、仕事が再開される。ほんと変わってない、と牧があきれるように小さくつぶやくのが聞こえた。こちらのセリフだ、と叫び返してやりたい衝動にかられる。

朽ちた金網沿いに林を進んでいく。木々の間からは、グラウンドで運動系の部活が行われているのが見える。あふれる力を脚力に換えたり、汗を流して白球を追いかけたり、打ったり、投げたり、そして巧みなチームプレーでボールを蹴《け》ったり、それぞれの青春模様が広がっている。私は絶縁中の幼馴染《おさななじみ》と、学校の隅の薄暗い林でシャーペンの残骸を拾っている。どこで間違えた。

猫はいまだにあらわれない。一匹でも入り込んでいてくれたら少しは気がまぎれるのに、なかなか顔を見せてはくれない。こんな場所までゴミを捨てに来る生徒もいないようで、私のほうも手持《ても》ち無沙汰《ぶさた》になる。

「ボーっとしてないでちゃんと仕事して」

牧がちくりと言ってくる。

「いちいちわたしが指ささないと見つけられないの？」

「そっちこそ、カブトムシでも探してますか？　麦藁帽子《むぎわらぼうし》でも買ってきましょうか」

虫取り小僧になった牧を想像して、思わず純粋に噴き出してしまった。牧は嘲笑《ちょうしょう》ととらえたのか、む、とわかりやすく不機嫌な顔を見せた。私も弁解するつもりはなかった。話せば話すほど、深く、溝を掘り合っている気がする。

そしてまた新しく掘ろうと、牧が口を開く。

ところがいつまで経っても嫌みが聞こえてこない。不思議に思い、それから遅れて、彼女が私ではなく、私の後ろを見ていることに気づいた。

「……あ」

視線に導かれるように振り返ると、ブチ猫がいた。

一匹ではなく、その後ろに三匹の子猫がついてきている。家族らしい。私たちと目が合って、ブチ猫が止まる。

本当は撮りたかったけど、親猫をおびえさせてしまうのが嫌でこらえた。というか箒とちりとりが邪魔でそもそもスマートフォンを出せない。

ブチ猫の家族はちょうど敷地内から外に出ようとしているところだった。ブチ猫は少し早足になり、そのまま錆《さ》びて朽ちた金網の隙間を通って外の車道を横断し、住宅街に消えていった。

「あのブチ猫、商店街でたまに見かけてた」私が感想を漏らす。

わたしも、と小さく牧はつぶやいて、それからこう続けた。

「太ったって思ってたけど、家族できてたんだ」

「子供可愛かったね」

「うん。真ん中のやつ、しっぽがくるんて丸まってた。めずらしい」

「一番前の子も見た？　鼻先が黒くて」

「見た。あれも可愛かった。一番後ろの子はまだちょっと歩き方がたどたどしかった」

猫の家族を見るのはめずらしいことではないけど、新しい家族に遭遇するのはいつだって少し興奮する。

「お母さんは大変だね」牧が言った。

「通りやすいように金網もう少し開けといたほうがいいかな」

「いやわたしたち追い出す係だから」

笑い声が重なる。

それではっとなる。目の前にいるのが普段のクラスメイトの一人ではないと、いまさら気づく。

向こうも同じタイミングで我に返ったのか、それからまた、息をぴったり合わせるみたいに喋《しゃべ》らなくなってしまう。話題を振ったのはそっちなのだから、せめてそっちがきれいに締めてほしい。いや、話しかけたのは私のほうか？　それなら私の責任？

「まだ半分来てないから、進むよ」

がさ、と、落ち葉を踏みならしながら、牧が返事も待たず歩き出す。「うん」と答えて私も続く。小枝を折る音を数秒に一度、間にはさみながら、沈黙と並んで歩く。

けれどさっきよりも、空気が軽くなったのがわかる。黙っていても責められている気分にはならないし、責めようという気もしない。一年半の歳月という距離ができて、その間には底も見えない谷があって、もう声すら届かないと思っていたけど、どうやら相手はそれほど遠くにはいないようだ。声は聞こえるし、届く。お互いの変わっていないところを見つけて、その距離を確かめる。牧はいまも私と同じくらい、猫が好きだ。

野球部の部員がバットで打つ快音が響く。陸上部が走りながらリズムを声に出して取る。カラスが見えないどこかで鳴く。校舎のほうからは吹奏楽部の演奏と、それから女子生徒たちの笑い声。土や石、葉がこすれる私たちの足音。いくつもの音と時間が流れていく。

「「あのさ」」

声が重なる。

振り返ってきた牧と、真正面から目が合う。

「なに？」牧が訊《き》いてくる。

「なんでもない。そっちは？」

「わたしも。なんかあったでしょ。先にどうぞ」

「いやいいから、そっちが先に」

尋ねたかったのは、あの日のこと。最後の旅行に行こうとして、待ち合わせの約束をやぶった日のこと。

どうしてそれほど、あの約束にこだわっていたのかと。

私を絶対に許さないと思ったきっかけは、ほかにもあったのかと。

いまなら訊けるだろうかと、少し血迷った。それで結局いま、余計なことをして、またしても気まずい空気になる。

「レディファーストでどうぞ」私が追撃する。

「自分のレディ捨ててまでわたしに喋らせたいの？」

がしがし、と牧が頭をかく。それから自分で乱した髪型をやさしく撫《な》でて直していく。

都合が悪くなって困るときの所作だ。彼女の変わっていない癖を、そうやってまたしても見つける。自覚していないだけで、こちらも何かそういう癖を出してしまっているかもしれない。

「あんたはさ」

そうやって続く言葉を待っていたそのとき。

牧が突然、真横に走りだした。

「あ、ちょ、逃げるな！」

最初は気まずさから逃走したのかと思った。追いかけようとして、牧の進行方向からそうではないことに気づいた。

金網の外、車道の真ん中で堂々と白猫が体を丸めて眠っていた。

「あの子って……」

見覚えのある子だと思い、すぐに思い出した。つい昨日、昇降口の近くの窓から、中庭を歩いているのを見かけた子だ。毛先が淡い桃色をしている、白猫。私の写真フォルダにはないめずらしい子。

牧は網をつかんだまま、朽ちた金網に突進し、強引に外に飛び出していく。金網が壊れてはずむ派手な音が響く。その激しさに面くらい、動けなくなる。

車のエンジン音が聞こえ始めて、私はようやく牧が走り出した理由を理解した。振り返ると木々の間から、廃品回収業者のトラックが迫っているのが見えた。

「牧！」

いまさら走り出す。彼女のつくった金網のスペースを使って私も外に出る。

牧は車道に飛び出したところだった。

クラクションが鳴り響く。さっきまで学校の敷地内から聞こえていた、すべての音がかき消される。

牧が網を振りあげたのが見えた。

地面すれすれに振りおろし、眠る白猫を、そのまますくいあげる。

どこかで観たことがある光景だった。猫が出てくるアニメーション映画だと思いだし、脳が余計なメモリーを消費してしまう。あれは虫取り網ではなく、ラクロスのラケットだったけど。

驚いて飛び上がった猫が、網からこぼれる。牧がその場で止まり、頭上の猫を見る。

牧は腕を広げて抱きとめようとする。

彼女の腕に白猫がおさまった瞬間。

「待っ――」

ご、と鈍い音がして。

私の目の前で、トラックが牧と白猫をかき消した。

車道にかけつけるまでに何度か転んだ。何か叫んだ気もしたし、色々恥ずかしいことも口走った気もする。いつの間にか膝《ひざ》に擦り傷もできていた。

私と同じように、狼狽《ろうばい》し青ざめた顔で降りてきたトラックの運転手が、やがて首をひねって腕を組み始めたところで、何かがおかしいことに気づいた。

「なんでだ？　どこにもいない」

運転手の男性がつぶやいて、目を合わせてくる。俺、確かに轢《ひ》いちゃったよね？　とそんな風に確認してくる表情。

おそるおそるトラックの下を一緒に確認した。スマートフォンのライトで照らしても、姿はなかった。撥ね飛ばした可能性を考えて、近くの側溝に沿って歩いたり、塀の隙間から民家の中庭をのぞきこんだりもした。学校の敷地内に戻って林も探した。牧と白猫はどこにもいなかった。道路には血の一滴すら落ちていない。

唯一見つけたのは、路肩に落ちていた虫取り網だけだった。

「サボって帰ったんじゃないのか？　どさくさにまぎれて」

事情をすべて説明すると、小早川先生は極めて冷静にそう答えた。運転手から念のためにともらった電話番号のメモを渡すと、先生はそれほど大事ではなさそうにデスクに置いた。一応あとで現場を確認して、運転手にも電話をしてみるという。

「トラックに衝突した跡とかは？」

「なかったです」

「じゃあ、少なくとも事故には遭ってないんだろ」

「でもぶつかった音を聞いたような……」

「怪我くらいはしてるのかもな」

やっぱり心配になったのか、先生は立ち上がって職員室を出た。そのままもう一度、例の車道の現場に向かった。やはり牧たちは見つからない。住宅街の電信柱の陰で、ブチ猫の家族にもう一度再会した。知らないよね？　と尋ねると逃げていった。

午後二時を過ぎたばかりで、まだ陽も高い。見落とすような場所もない。

「やっぱりサボって帰ったんだろ」先生が溜息《ためいき》をつく。

「私もそんな気がしてきました」

あれだけ嫌がっていた仕事を、文句を言いながら結局は律儀にこなすような性格である。ピュアな不良という言葉が似合う彼女が途中で帰るというのは、考えにくい気もする。けれど、まったくありえない話ではないかもしれない。何しろこの一年半の牧を私は知らないのだから。

「祭原から連絡は？」

「きてません。というか知りません」

「まあいいや、奈爪も今日は帰っていいよ。明日《あした》顔を見せたら、何か祭原にペナルティを科してやらないと」

「箒《ほうき》とちりとり係をやらせてやってください」

そういうことで、私も帰宅することにした。念のために最後にもう一度だけ現場に寄ったが、やっぱり牧たちはいなかった。このときになってようやく、心配よりも怒りが勝つようになった。勝手に仕事を押しつけて帰るなんて。一瞬でもまた普通に会話ができるかもしれないなんて思った自分が、愚かだった。

むしゃくしゃしたので商店街に寄り道して、「宮毛猫コロッケ」と「宮毛猫メンチカツ」を買い食いした。甘いものも欲しくなって「宮毛猫まんじゅう」も買った。箱で買ってしまい、食べきれないうちに自宅についた。

「ただいま」

と言葉を放っても返ってくる声はない。父は仕事中だし、母は夜勤でちょうど家を出た時間だった。夕食用のカレーが作り置きされていて、ご飯はまだ炊飯中になっている。子猫をつれていたブチ猫をまた思い出す。あれも母親だろうか。

自室に入って時間を確認すると午後四時前だった。一眠りしようと、ベッドにそのままダイブする。制服から着替えたかったけど、その体力もなかった。私にしては今日は色々ありすぎた。もう変なこととか起こらないでほしい。

眠りに落ちかけたその瞬間、インターホンが鳴った。何か荷物でも注文していただろうか。私ではないので、父か母。急ぎならメモか連絡を残してるはずだから、宅配便の人には申し訳ないけどいまはお引き取り願おう。

力を抜いて睡魔を招き入れる準備を再開すると、インターホンがまた鳴った。なんだ、と眉《まゆ》をひそめていると、さらにまた鳴った。仕方なくベッドから出る。

階段を下りて玄関に向かっているうちに、またインターホンが鳴る。はい、と強めに一度返事をした。

玄関ドアを開けて、私はしつこい宅配便の人の正体を目の当たりにした。

立っていたのは、明日から箒とちりとり係をやらされるピュアな不良だった。

「牧っ?!」

思わず声が裏返る。

牧は私服に着替えて、白いキャップをかぶっていた。私服といっても上は学校にいるときと変わらずパーカーを着ている。そしてそのキャップに見覚えがあった。小学校のとき、よく被っていたのと同じメーカーのものだ。

「家、変わってなくてよかった」牧が淡々と告げる。

「なんでいきなり家に？　ていうかあのあとどうしたの？　いきなり消えるから」

「いまほかに人いる？」

「お母さんもお父さんもいない。私だけ」

「入っていい？」

この家に？　と素《す》っ頓狂《とんきよう》な返事をしそうになる。もちろんこの家に。牧が一年半以上ぶりに入る。よっぽどの事情がない限りそんなことはありえない。そしてその事情とはたぶん、さっきいきなり消えたことと関係があるのだろう。

「部屋、散らかってるけど」

「片付いてたときがあるの？」

しっかり一刺ししながら、牧は玄関を上がる。仕返しにスリッパを用意するのはやめてやった。

階段をのぼり自室に向かう。部屋の前で、場所は変わってないんだね、と牧がつぶやいた。ドアを開けてなかに招き入れる。

一年半もあれば一応、模様替えはしている。けれどぐるりと一周見ただけですぐに興味を失ったみたいに、牧はまっすぐ机に向かっていった。しまってあった椅子を引いて、そこに腰かける。

「それで、何があったの？」

私が尋ねる。その権利がある。

「どうして先に帰ったの？　というかあの白猫は無事なの？　助けられた？」

「答える前に見てほしいものがある」

「見てほしいもの？」

「見せる前にひとつだけ。なるべく驚かないでほしい。大きな声とか好きじゃないし。いや、驚かないのはたぶん無理だと思うから、せめて叫ばないでほしい。それくらいは譲歩する」

「ごめん、言ってる意味がよくわからない……」

牧がわざわざ家にやってきてまで見せたいものとは、一体何だろう。もしかしてさっきの白猫か。その着ているパーカーのなかに隠しているのか。だとしたら見たい。早く見たい。叫ばないと絶対に約束するから私にもぜひ撫《な》でさせてほしい。

牧はパーカーのチャックを下ろさず、代わりに帽子に手を伸ばした。

その手が、ゆっくりと帽子を外す。

そして。

「……え」

彼女の頭に乗っているものに、絶句した。

乗っているというよりは生えている。

そこにあるはずのないものが、生えている。

「なんか突然生えた」

それはまぎれもなく、白猫の耳だった。

髪の毛をかきわけてしっかりと、根元から生えていた。言葉を告げられないでいると、当の本人である牧が尋ねてくる。

「どう思う？　これ」

とりあえず叫んだ。

3

喉《のど》が渇いたと牧が言うので、冷蔵庫から適当に出していいと答えると、オレンジジュースと自分の分のコップだけ持って戻ってきた。放心状態から解けるまで、牧がオレンジジュースを二杯飲んだ。

「やっと落ち着いた？」三杯目をつぎながら牧が言ってくる。

「むしろ本人がなんでそんなに冷静なの」

「二時間前にもう驚き疲れてるから」

腰かけていたベッドから立ち、椅子に座る牧からオレンジジュースをふんだくって飲み干す。彼女は何か言いたげに口を開けたが、そのまま閉じた。代わりに耳がぴくぴくと動いていた。本人の感情にある程度は影響されるのだろうか。うん、ようやく冷静に考えることができるようになってきた。

ジュースが食道を通って胃のなかに入り込み、熱を帯びていた内側が冷まされる。

「このこと、他の誰かには？」

「誰にも言ってない。あんたにだけ」

「真っ先にここに来たってこと？　どうして？」

「わたしの知るなかで唯一、この姿を見せても、奈爪さんだけは怯《おび》えたり気味悪がったりしないと思ったから」

突然寄せられる信頼。と、言えるのかこれは。何かの予防線を張るみたいに、いまだに苗字で呼んでくるままでもある。

でも。

驚きはしたけど、気味悪いとは、確かに思わない。

むしろ知りたい。もっと知りたい。

「わかった。一緒に原因つきとめよう。解決できないか考えよう」

「別にそこまでは求めてないけど」

本当にそう思っているのかもしれないし、素直という言葉を小学校に置き忘れてきているのかもしれない。

「あのあと何があったの？　私は牧と白猫ちゃんがトラックに轢《ひ》かれた瞬間を見たんだと思ってた。みんなで必死に探したんだよ」

「そこで意識が途切れて、気づいたらわたしだけ神社の裏手の林にいた。あの白いネコも消えてた」

「神社？　宮体《みやたい》神社のこと？」

「そう。あそこ」

宮体神社は町にいくつかある神社のなかで一番大きく、そして唯一、宮毛山の山頂という町の最も高い場所に建てられている神社でもある。宮毛山は城跡としても知られていて、まわりが堀で覆われている。

同じ町内でもうちの高校からはそこそこ距離があって、どれだけ速く走っても一〇分はかかる。まばたきした次の瞬間に移動できるような場所ではない。

牧が机にひじをつき、拳《こぶし》を頬に当てる。頭上についた白い猫耳が、まわりの音を拾おうとするみたいに、ゆっくり、静かにぐるりと稼働する。

「神社から家に帰ったの?」

「そんなとこ。お堀に映った自分の頭見て叫んで、パーカーのフードかぶって走って帰った」

落ち着いてからここにきた。頭に猫耳が生えていたら、確かに学校に戻る気にはなれない。戻ったところで解決にはならないし、かといって病院に行けば済む類の問題でも、おそらくない。これは、きっと——。

「都市伝説」

私より一秒先に、牧が言う。

「この町で何度かそういう話を耳にしたことがある」

「うん、私も聞いたことある」

「これもそれなのかな」

「『この町に住む猫は時々、人を呪うことがある』」

私たちの声を拾っているのか、牧の頭の猫耳が、また反応して動く。見れば見るほど、その歪《いびつ》な現実に、視線が引き寄せられる。

「というかなんでキャップかぶってきたの？　パーカーのフードで隠せたんでしょ」

数秒黙って、恥じらうように顔をそむけたあと、牧は答えた。

「ちょっとまだ、冷静じゃなかったかもしれない」

持ってきた白いキャップをよく見れば、小学校のときにかぶっていたものと同じメーカーどころか、そのものであったと気づいた。昔つけたほつれや傷の場所が一緒だ。捨てずにずっと持っていたのだろう。牧は物の扱いが荒くてよく壊すイメージがあったけど、そのキャップだけはお守りとして保管していたのかもしれない。

突然生えたその猫耳は、牧が助けようとしたあの白猫の耳と、やはりよく似ている。というより、まったく同じに見える。全体の白い毛並みに、淡い桃色をした毛先。どのような形であっても、白猫が関係しているのは間違いないだろう。牧は消えたと言ったけど、本体はどこにいるのか？　探し出せば問題は解決するのか。

と、ここまで冷静を装ったつもりだったが。

だめだった。

もう我慢できなかった。

「ねえ牧様」

「……様？」

ついでいたオレンジジュースのコップから、牧が顔を上げてくる。子供がやる遊びみたいに、そこで近づいていた足を止める。その場で動かず本題に入る。

「その耳触ってもいい？」

「……嫌だ」

「なんで」

「なんか顔が嫌だ……」

牧が身を守るように、体をよじる。

また一歩近づく。

「触らせてよ。ちょっとでいいから」

「く、来るな。誰が触らせるか」

「一瞬だけ」

「来ないでってば！」

「さきっちょだけ」

「怖い怖い怖い怖い怖い怖い！」

パーカーのフードをかぶってしまう。剝《は》がそうと右手を伸ばすと、つかまれた。即座に左手を伸ばすが、それも防がれる。組み合ってそのまま力比べになる。

「いいじゃんか減るもんじゃないし」

「なんか人として大事な部分がすり減る気がするんだよ。あんたにだけは嫌」

「この部屋に入った瞬間からこうなるってわかってたでしょ？　私の性格知ってるよね。怯えたり不気味には思ったりしないけど、興味津津にはならないなんて約束は一切しなかったよね？　私の前にそんなものをちらつかせてタダで済むと思ってる？　本当は触られるの期待してたんじゃない？」

「まずド変態なその口調をやめろ！」

牧が体勢を崩しかける。チャンスとばかりに力を込める。あと数秒あれば強引に振りほどいて触れそうだという瞬間、わかった、と許しの声が響いた。

「わかったから、とりあえず離れて」

牧が椅子から立ち、なぜかベッドに移動する。腰かけて、準備をするように首を数回回した。そしてパーカーのフードを取る。白い猫耳が、変わらずそこに生えている。

「三秒だけなら、許す」

「え、三分もいいの？」

「三時間殴り続けるぞ」

そこからさらに交渉の時間をはさみ、なんとか一〇秒の貴重なお触りタイムを確保することに成功した。一〇秒！　人生で一番重要な一〇秒をまもなく迎える。

「勘違いしないで。これは純粋に猫耳を触りたいっていう私欲だけじゃなくて、あくまでも牧のための調査が本当の目的だから。牧のなかの何かがすり減るとしても、得られるもののほうが何倍も多いはずだから」

「私欲とそのよだれを隠してから言え」

「案外いじってたらぽろっと取れるかもしれないし」

「乳歯か」

まずはどの角度から触ろうかと、改めて見回す。やっぱり嫌だと断られる前に行動に移さないといけない。

「ほら触るならさっさと、あひ……」

言葉の途中で手を伸ばし、右耳に触れた。びくんと牧の体が一瞬だけ飛びあがる。反応を見る限り感覚はつながっている。髪の毛をかきわけて見ると、根元から生えているのがわかる。

「やっぱ触り過ぎ……」

「まだ一〇秒経ってない」

「いや、でもだって」

「動かないで」

「……んぅ」

うめき声を漏らし、それきり喋《しゃべ》らなくなる。どのような感覚が襲っているのかはわからないが、我慢してもらう。すごい。ちゃんと猫耳だ。本物だ。そこにあるのは人間の頭部なのに、触られたときの反応も猫そのものだ。指で耳の端をなでると、虫をはらいのけるように、さっと素早く動く。

「もう経った！　一〇秒経った！」

「うんわかった。じゃあ次は左耳ね」

「片耳ずつだと⁉」

「そうだよ。そうに決まってるでしょ。むしろなんでそうじゃないと思ったの？」

そうではないけど言い切る。厳密に規則を定めていなかった牧が悪い。

抵抗される前にさっさと左耳に指を移動させる。ぐっと耐えるようにうつむき、牧は太ももの上で拳を握っていた。首を曲げて一度振りほどかれたが、かまわず触りつづけた。

たぶん一〇秒以上経っていたが、宣告する余裕がないのか、牧は何も言ってこない。もっと、と身を乗り出すと、さすがに手ではねのけられた。

「もう終わりっ」

「ちゃんと生えていることがわかったよ」

「うるさいもう触らせない！　ちょっと寝る！　あんたは出てけ！」

「いやここ私の部屋だし私のベッド……」

「いいから出てけ！」

牧の顔が真っ赤になっていた。耳まで染まっている。そして全然目を合わせてこない。そんなに痛かったのだろうか。それともくすぐったかったのか、あるいは――。詳しく訊《き》いてみたかったけど、それをした瞬間に殴られそうな気がしたので、大人しく部屋を出ることにした。

廊下に出ると同時に、やっぱり訊いてみたくなったので振り返った。

「ねえ今触ったのって痛かった？　それとも気持ち良くていまそんな顔を――」

勢いよくドアを閉められた。

ソファで寝てると、額をボコッと何かで殴られて、勢いよく目が覚める。見上げると牧が立っていて、鈍器の正体は空になったオレンジジュースのパックだった。だからどうして皆、もれなく頭を殴る。

抗議しようと口を開きかけて、そこに彼女の大声がかき消してきた。

「乳歯だった！」

「は？」

「取れた。取れたの。ちょっと昼寝して起きたら、なくなってた」

「……な」

確かにない。

牧の頭から、きれいに猫耳が消えていた。そんなぁ！　と叫びそうになったが、不謹慎だと思いこらえた。安心した笑みを浮かべる牧の前で、一緒に喜ぶフリをする。

時間は夜の七時になろうとしていた。部屋に戻り、一緒にベッドを探したが、落ちた猫耳はどこにもなかった。

「取れたんじゃなくて消えたのかな」牧がつぶやく。

「それか頭蓋骨《ずがいこつ》のなかに埋もれていったのかも」

「怖いこと言うな」

睨《にら》みつつ、ちゃっかり確認するみたいに、軽く頭を叩《たた》き始めたのが面白かった。

突然襲ってきた都市伝説は、何もしないうちにあっさりと解決してしまったようだ。

「ああよかった。本当よかった。明日《あした》からどうしようかと思ってた……」

「ずっとキャップかぶったり、パーカーのフードしてるのも目立つしね」

「小学校の頃も先生と喧嘩《けんか》してるからなぁ」

思い出し、同じタイミングで笑った。また昼間の見回りのときみたいに、お互いにやめて気まずくなるかと思ったが、問題が解決した安堵感《あんどかん》からか、牧はそのまま笑い続けた。

私もそうした。

「それにしても、ほんとに何だったんだろうね。助けたネコの耳が頭から生えてくるとか、聞いたことない呪い」

「知らない。でももう忘れる。町であの白ネコ見つけてももう近付かない」

「忘れちゃうの？　こんな貴重な経験を。誰にも話さずに」

「話すわけないじゃん。信じるやつ誰もいないって。もうぜんぶ忘れる。きれいさっぱり忘れる」

「じゃあこの写真も消すの？」

「いつの間に撮ったお前ぇ！」

こっそり撮った猫耳バージョンの牧が保存されたスマートフォンを、奪おうとしてくる。もちろん抵抗する。なぜか脛《すね》だけを重点的に蹴《け》られ、仕方なく本人の前で写真を消すところを見せた。クラウドに保存してあることは死んでも言わないようにしようと決めた。

「じゃあわたし、そろそろ帰るから」

牧がキャップをかぶって部屋を出ようとする。

「あ、待って」

「なに?」

「お母さんが夕飯用につくったカレーあるんだけど、食べてく? いつも量が多くて」

数秒、彼女が考えるそぶりを見せる。

牧の両親は転勤で県外にいる。この町に残ったのは彼女だけで、いまはマンションで一人暮らし中だ。下の階に祖父母が住んでいて、それで両親も一人暮らしを許したと聞いている。私の母が、牧のお母さんとまだ連絡を取っていたころに聞いた話だ。

牧は首を横に振った。

「いい。お祖母ちゃんが食事用意してるはずだから」

「ん、そっか」

「じゃあ帰る」

一緒に下に降りて玄関まで見送る。

思わぬ委員会の仕事から、そして都市伝説の襲撃も相まって、この一年半で最も多く牧と喋った一日だった。こんな日はもうこないかもしれない。日常の復旧工事は終わり、またいつものレールに戻って走り出していく。明日からはまた、素知らぬ顔で元の距離感に戻るのだろうか。それとも何か、変わっていることはあるのか。

「また明日」

玄関ドアが開いて外に出るとき、牧の背中にそう投げかけた。

少し待っても、同じ言葉は返ってこない。

だけど止まった彼女が振り返る。

深くかぶったキャップで顔は見えないが、口元だけは動くのがはっきりわかった。

「ありがとう、一歌」

玄関ドアがしまり、足音が遠ざかっていくのを聞く。もう一度開けて顔を見たい衝動にかられたが、たぶん気まずくなるのでやめた。

今日、初めて呼ばれた名前に、耳がくすぐったくなった。

4

頭部への衝撃なしに目覚める心地よい朝だった。リビングに降りると母が帰宅した痕跡《こんせき》があり、ふすまごしの隣の部屋で寝てるのを起こさないよう、そっと朝食を済ませる。家を出る直前、スマートフォンをいじっていた父が盛大なくしゃみをして母を起こし、怒られていた。「おかしいなぁ、アレルギーか？　でもそんなわけないし」と、父は突然の鼻炎とくしゃみに戸惑っていた。昨日まで猫耳をつけていた幼馴染《おさななじみ》がここにいたことは、もちろん話していない。

通学中、四匹の猫とすれ違った。民家の塀伝いに歩く茶色のトラ猫に、道路を素早く横断する、すらりと細い三毛猫。ゴミ捨て場でカラスと喧嘩をしている黒猫と、誰かの飼い猫で赤い首輪をつけた散歩中のシャム猫。

何度か寄り道して探してみたが、あの白猫はどこにもいなかった。

教室の前で牧と出くわした。ちょうど向こうが先に教室に入ろうとしているところだった。おはようと声をかけようか、手を挙げようか迷って、結局どちらもしないでいると、向こうも顔をそらして何も言わずに入っていった。

続いて教室に入ると、牧はさっさと席について微動だにしなくなる。男子と女子が一人ずつ、何か話題を持って彼女に話しかけていたが、いずれも間が持たず苦笑いで相手を帰していた。あまりにも昨日と同じ。部屋で起こっていたことすべてがわたしの妄想で、嘘だったのではないかと心配になった。クラウドにアクセスすると、保存していた写真はちゃんとそこにあった。ベッドに腰掛け、顔を赤らめてうつむく牧。その頭に生えている猫耳。

牧はやっぱり話しかけてこない。振り向いて目を合わせてこようとすらしない。

帰り際に言っていたあの言葉。きれいさっぱり忘れる。宣言していた通り、本当にそうするつもりなのかもしれない。

「おはよう一歌」

声をかけられて我に返る。

顔を上げると、桜ちゃんが立っていた。おはよう、とあわてて思ったよりも大きな声で返してしまう。

「委員会の仕事、サボらずちゃんとやった？」

「うん。学校の敷地内に入り込んだ猫を探す仕事だった。意外と退屈しなかったよ」

嘘は言っていない。けどこれ以上深掘りされるとごまかしはじめて、最後にはボロが出るような気がしたので、話をそらす。

「そっちは部活どうだった？」

「別にいつも通り。今日は新入生の体験入部がある」

「桜ちゃんは先輩が似合いそう」

笑顔で首をしめられかけた。なんで。褒めたのに。けれどおかげで委員会の仕事のことは、桜ちゃんの意識からは遠ざかってくれたようだ。

チャイムが鳴り、二年生になって最初の授業が始まる。一時間目は国語だった。新しく配布された教科書はまだ一秒も開いていない。そのせいで始まったばかりの頃はページをめくるのに少し苦労する。なんとかきれいに使ってみようと思うけど、結局あきらめて折り曲げる。

「二年生最初の授業は小説『きりぎりす』の音読から」

壇上《だんじょう》に立つ国語教師が教科書を広げながら言う。

「ただ音読しても退屈だろうからちょっとしたゲームだ。読むやつは少しでも噛《か》んだら、自分の恥ずかしかったエピソードを一つ披露する」

何それ！　と、抗議の声を上げながら、ノリの良い女子生徒が食いつく。まわりもざわつき始める。ちらりと牧を見ると、ボーっと黒板を眺めて、薄く口を開けていた。同じ方を向くが、黒板にはまだ何も書かれていない。わたしには見えない何かを凝視しているみたいだった。

「『きりぎりす』の作者である太宰治は作品内で人の恥について語ることが多い。それにちなんだちょっとしたペナルティだ。ほらこれで眠くなくなっただろ。始めるぞ。まずは窓際から」

牧のさらに奥、窓際の席にいる桜ちゃんと目が合う。首を切るようなジェスチャーをこっそり見せて、「勘弁して」と訴えてきていた。笑って返す。

窓際、一番前の席にいる男子生徒から始める。くすくすとした笑い声のなか、音読が始まる。

「『おわかれ致します。あなたは、嘘ばかりついていました。』」

噛まずに二人目。

「『私にも、いけない所が、あるのかもしれません。』」

三人目。

「『けれど、私は、私のどこが、いけないのか、わからないの。』」

そして四人目が立ち上がった、そのときだった。

同じタイミングで、もう一人が立ち上がる。

見ると牧だった。

お手洗いか何かに行くためにそうしたのかもしれないと、最初は思った。だけど一瞬後にはそんな予想がくつがえった。

彼女はそのまま、椅子の上に立ち始めた。

「なんだ?」

異変を察知した国語教師がようやく視線を向ける。続くように数人が彼女を見る。音読しようとしていた女子生徒も固まる。教室でただ一人、椅子の上に立つ存在に全員の視線が集まるより早く、牧はぴょんとその場で飛び上がった。うお、と隣にいた男子生徒のうめき声が響く。

牧は机の上に移動する。その場で両手と両足をついて、座り始める。スカートがはだけて、角度によっては下着が見えるような格好になる。意外にも男子たちが目を伏せて、女子たちはそのまま凝視していた。

国語教師がまた何か言う。牧は無視して背中を向けたまま、舌を出し、自分の手首をなめはじめる。教室に訪れた、無音のなかの異常。誰もしゃべることさえできない。笑って

ごまかすことや、まわりの生徒と目を合わせて確認し合うことすらできない。牧のその姿を、ただ凝視し続けている。それはあまりにもひとと離れているから。

いまの彼女は、まるで――。

「……猫」

つぶやくと、牧が反応した。少なくともそんな風に見えた。手首を舐《な》めるのをやめてこちらに顔を向けると、牧はそのまま机伝いに移動し始める。四足歩行で近づいてくる。

「お、おい。おい。何してる。それなんだ？　ええと、祭原！」

国語教師はあたふたと手元の出席表を確認して名前を呼ぶが、牧は止まらない。沈黙を霧散して、教室がどよめき始める。クラスメイトたちの心のなかの声が簡単に拾えた。何が起きている。次は何が起こる？　あれはいったい誰だっけ？　ああそうだ、祭原牧っていうひとだ。もう忘れない。

牧が私の机に飛び乗る。そこで止まり、はだけたスカートのなかをこちらに見せながら、まっすぐ見下ろしてくる。いくら幼馴染とはいえ、この距離で股間《こかん》と対面するのは初めてだった。そんな感想を抱いている場合じゃない。なんだ、これは。

いや知っている。わたしは薄々これの正体に気づいている。

「ま、牧？」

呼びかけると、牧が顔を近づけてきた。

訳もわからず動けないでいると、そのまま、頬を舐められた。近くにいた女子生徒が興奮したような悲鳴を上げる。牧は教室のどよめきも、教師の注意も、悲鳴も、一切無視して、私の顔に頬をすりつけ続けている。牧の乗っている机がいまにも倒れそうに、がたがた、と揺れ続けている。

牧は口を開き、とうとう言葉を発した。

「ニャア」

それはまぎれもなく猫の声だった。

聞こえてきたのは確かに牧の声なのに、そこにいたのは確実に猫だった。人が真似してできるような解像度の、猫の声ではなかった。

予感が確信に変わる。勢いでそのまま立ち上がり、牧の手を引いた。牧は机から降りて、ぎこちなさそうな足取りのまま、二足歩行でついてくる。教室を出る瞬間、桜ちゃんと目が合った。クラスメイトが初めて見せる表情だった。

廊下に出るとそのまま駆けだした。手をつないだ牧はちゃんとついてくる。たまに足がもつれて転びそうになったが、ぴょん、と高く飛んで体勢を立て直していた。

階段を上がれるところまで上がり続けた。やがて屋上の前にある踊り場につく。本当は外に出られたらよかったが、何年か前に煙草の吸殻が見つかって、それ以来使用禁止になり、いまは厳重に南京錠がかけられている。

息を切らしながら踊り場の前で座り込むと、牧も横に座る。スカートをはだけさせて足を開くその座り方も、よく見れば猫そのものだ。牧の横顔を眺める。外見に変化はない。頭にも猫耳は生えていない。

だけどいる。

彼女のなかに、確かにいる。

ひとではない存在。

猫。

「ニィイ」

さっきと声色を変えて、牧（のなかにいる何か）がまた顔をすりつけてくる。早く撫《な》でろ、と言わんばかりだ。目が合うと、ゆっくりとまばたきをしてきた。信頼とリラックスのしぐさ。

彼女の伸ばした手が、私の太ももに乗る。立てた指が肉にぐいと食い込み、鋭い重さを感じる。

「牧……やめ……」

「ニャ、あ」

牧の吐息が耳をくすぐった、その直後だった。

鳴いている途中で声のトーンが落ちて、そのましゃべらなくなる。

顔を離して彼女を見つめると、茫然《ぼうぜん》とした顔でこちらを向いていた。わたしが知っている幼馴染《おさななじみ》の顔だった。

「牧？」

「一歌、わたし……」

戻った。

戻ると同時に、牧が叫んだ。「ぬううわああああああ！」と、ほとんど雄叫びに近くて、思わず耳をふさいだ。頬を染めたまま涙目になり、何かを口走っていたが、ひとつも言っていることがわからなかった。

「なんでわたしあんなこと違うわたし絶対しない違う違う違うわたしじゃないああもうだめだ皆わたしを見てたもうおしまいだ戻れない高校生活が破たんした」

その様子から察すると、数秒まで自分がしていたことを、すべて覚えているようだった。

厳密には牧がしていたことではなく、牧のなかにいたモノがしていたこと。彼女は体を奪われたまま、記憶だけを共有している。

「どうしよう一歌。まだ終わってない。呪いが消えてない……」

染めた頬はすっかり戻り、今度は血の気が引いたように白くなっている。ここまで我を失う彼女を、初めて見た。だけど無理もない。同じ立場なら、私はもっと叫んでいるかもしれない。

私と、そして牧だけが知る真実。あの白猫を助けたときから、すべてが始まった。

震える声で牧が告げてくる。

「わたしのなかに、あの猫がいる」


そして。

この出来事すら序章に過ぎないことを、私たちはすぐに知ることになる。

第二章　猫にまたたび

1

登校前の朝八時半。いつもなら早めに家を出て、宮毛町《みやけちょう》の猫たちと優雅に戯れている時間だったが、いまは絶縁中の幼馴染が住むマンションのエントランスで、不毛に着々と時間を消費されているところだった。

「さーいはーらさーん、あーそーぼー」

「それでわたしが出ていったら逆に引くだろ。あんた引くだろ」

「出てきてくれるなら正直もうなんでもいいよ……」

エントランスでインターホンを押して、登校を説得するも、切られる。もう三往復はこのやり取りをしている。一往復ごとに一匹の猫と戯れる時間があったかと思うと、やるせない。いまのこの状況は、物陰から怯《おび》える猫をなんとか日向《ひなた》に出そうと奮闘しているのに似ている、と自分のモチベーションを上げるために想定してみるけど、少し難しい。

「今日も登校しないから。あんたはもう行って」

「なんかあったら怖いから一緒に登校してって言ったの、そっちじゃん」

「だからやっぱりやめたって言ってるの」

例の教室での騒動のあと、牧《まき》はすぐに早退した。教室にあったカバンは私が持ってきて、いつまた猫に豹変《ひょうへん》するかわからないと警戒して震える彼女を自宅まで送り届けた。そのまま私も帰宅しようかと思ったけど、学校に戻って授業を受けた。もちろん内容は頭に入ってこなかった。

翌日、牧は学校を休んだ。何度か連絡を入れていて、返事があったのは夕方だった。明日《あした》の登校に付き添ってほしいという内容。そしてこのストライキである。

「ちゃんとフォローはしといたよ。牧は発熱してうつろになって暴走したって、先生にもクラスメイトにも言ってるから。だから早く行こうよ」

「昨日あの国語の先生から電話があった。『何か悩みがあったら聞くぞ』、って。もう少しで全部ぶちまけてやろうかと思った。助けた白猫に恩を返されるどころか取りつかれて呪われましたー、って」

「言ってないよね」

「言うわけないでしょ」

教室での牧の豹変。突然生えた猫耳に、そして消えた白猫。どうやってか、牧のなかに入り込んでそれが表に出てきたのだとしたら、合点がいく。荒唐無稽《こうとうむけい》だと断じるにはすでに、目の前で色々と起こり過ぎている。猫のように眠ってすぐに忘れられたらよかったけど、人間はそれほど器用にできていない。

「こんなこと誰にも言えない。これからだって隠し通さないといけない。治し方だってまったくわからないし、そんなものないかもしれないし、ああもう無理、絶対無理。ひとりでこんなのどうにもできない」

「私がいるじゃん」

気づけば即答していた。

そう答える資格があるのかどうか、考えもせずに。自分でもどうしてそうやって答えたのかわからなかった。彼女を早く説得したくて思わず出た、ということにしよう。

沈黙があって、やがてインターホンが切れた。少し待ってもやってくる様子がなかったので、四度目を押そうとしたとき、エントランスの突き当たりにあるエレベーターが下降を始めた。制服とパーカーを合わせたいつもの格好の牧が出てきて、エントランスのドアを抜けながら、私の存在などないみたいに横を通りすぎていく。華麗なスルーを食らっても、その程度は宮毛町の猫たちに毎日鍛えられているので気にしない。

「制服、着てたんじゃん。やっぱり登校する気だったんだ」

「いま着替えたの」

「ものの一分で？」

「ものの一分で」

ふうん、ものの一分で。なるほど、ものの一分で。そうかそうか、ものの一分で。何度もつぶやいてると殴られた。

逃げながら、いやあものの一分で、すごいなあものの一分で、立派だよものの一分で、としつこく続けると、見事に怒って追いかけてきた。そのまま二人で走って学校を目指す。これなら間に合いそうだ。

そんな私たちの横を、何かに急ぐ茶色の野良猫が、悠々と追い越していった。

牧が教室に入ると同時に、ほんの一瞬だけ、クラスメイトたちがそれぞれの話題を止めてこちらに意識を向けたのがわかった。すぐに元の喧噪《けんそう》に戻るけど、そうするとより一層、間に挟まった沈黙が溝のように強調されてしまう。私でさえ感じ取れたのだから、本人はより鋭くそれを受け取っているはずだ。

牧は私から離れて、そのまま自分の席にまっすぐ向かっていく。話しかけるクラスメイトは誰もいない。あの騒動があろうがなかろうが変わらない光景ではあるけれど、やはりそこに含まれた意味や印象は大きく異なる。

クールでひとを寄せ付けず、考えていることがほかのひとより一段階上にいるような、クラスに一人はいる大人びた女子高生。であればよかったけど、いまの牧は机に躊躇《ちゅうちょ》なく飛び乗り、にゃあ、と猫の声を出し、私の頬を甘えた顔で舐《な》める、クラスに類例がない希少な女子高生にアップグレードされている。

昨日、牧が休んでいたとき、一度も話しかけてこないクラスメイトたちに質問された。牧との関係をそっと尋ねる質問や、なかにはお酒でも飲んでいたのかとか、もっとやばいものをやっていたのかとか、そういう直球な質問を投げてくる生徒もいた。事を大きくして不安にさせたくないから本人には言ってないけど、騒ぎを聞きつけた担任の先生にも呼び出されて、いくつか訊《き》かれた。

態度を唯一変えないでいてくれたのは、桜《さくら》ちゃんだった。部活を終えた格好で教室に入ってきて、今日も私の席へ寄ってくれる。

「おはよう桜ちゃん」

「おはよう。今日は祭原《さいはら》さん、きたんだね」

「うん。一緒にきた」

「一歌《いちか》と祭原さんって、小学校と中学が同じなんだってね。風の噂で聞いた」

「個人情報漏れるの早いなぁ」

呑気《のんき》な受け応えをしすぎたのか、心配そうに桜ちゃんが溜息《ためいき》をつく。

「こういう言い方は祭原さんに失礼になるかもしれないけど、一歌までクラスメイトの好奇心のとばっちりを受けてる気がする」

「大丈夫だよ。またすぐ別の話題に変わる。みんな退屈で、何かに盛り上がりたいだけだから。って、ワイドショー観ながらお母さんが言ってた」

「まあ真理かもね」

そのあと、部室に忘れ物をしたと言って桜ちゃんは教室を出ていった。牧のほうに視線を戻すと、さっきとまったく同じ姿勢でスマートフォンをいじっていた。飄々《ひょうひょう》と、淡々と、顔色一つ変えず。エントランス前でさんざんごねて、取り乱していたひとと同じひととは、とても思えない。

動揺しているかと思ったら、冷静で。凛《りん》としていたかと思ったら、怯えていて。登校しないかと思ったら、あっさり出てきて。さっきまで話していたかと思ったら、無視されて。絶縁中だと思ったら、家にあらわれて。あべこべで、ひねくれもので、気分次第で。本人の前では絶対に言わないけど、そういう昔から持っている彼女の猫的な気質《きしつ》が、あの白猫を引き寄せた一因であるような気もする。

どうしてこんなことが起こったのか。なぜいまも起こっているのか。どうして牧だったのか。これを解決し、元通りにする方法はあるのか。ぜんぶまだ、定かではないけど、それでも生活は続けなくちゃいけない。終わりが明確ではないなら、余計に。

登校するし、授業も受けるし、たまに先生に怒られたり、やりたくない委員会の仕事をしたり、帰って疲れて寝て、見なくてもいい配信動画を見て、ご飯を食べてお風呂《ふろ》入って寝て、起きてすぐに嫌なことがあったり嬉《うれ》しいことがあったり、そういう生活をなるべく保つのが、いまできる唯一の対処法だと思う。

そのための手伝いなら、私は牧にしてあげられ――

「ておおい！」

気づけば席からいなくなっていて、前のドアから教室を出ていくところだった。カバンをかついで、見た瞬間に帰るつもりだとわかった。

急いで牧を追いかける。牧、と呼んで肩に手をかけようとしたが、素早くかわされた。

私の手に菌でもついているような、それはそれは見事なかわし方だった。

「ちょっと、どこ行くの」

「トイレ。ついてこないで」

「なんでカバン持ってトイレ行くの」

「化粧直すから」

「そもそもトイレ逆方向だし」

ぴた、と止まり、それからムキになったのか、本当にトイレがある方向に歩き始める。このまま放っておいたら帰る。絶対に昇降口を目指してしまう。教室では飄々とした顔をしていたが、早くも限界だったようだ。

「気持ちはわかるけど、もうちょっと頑張ってみようよ」

「わかるわけない」

牧は足を止めず、続ける。

「あんたに気持ちがわかるわけない。自分の体に自分以外の何かがいて、それがいつ出てくるかわからない不安が、わかるわけない。わたしの気持ちがわかるのはブルース・バナーとかだけ」

「急にマーベル……」

幼馴染《おさななじみ》が超人ハルクになってしまうのは勘弁だけど、幸いまだ、彼女の肌は緑色にはなっていない。

「怖かったり、恥ずかしかったり、不安だったり、気持ちの全部はわからないかもしれないけど、理解はしてあげられると思う」

「じゃあ教えるけどわたしが一番恥ずかしかったのは、あんたに生えた耳をしこたま撫《な》でられまくってたときだよ！」

立ち止まり、びしっと指で胸元を小突かれる。

「わ、わかった！　ごめんもうしない。約束する、二度としない。あのときはつい我を忘れたって言うか、猫のことになるとちょっと自分をコントロールするのが難しくなるんだよ。ああいまわかった！　私もわかったよブルース・バナーの気持ちが」

じとっと、牧が睨《にら》んでくる。

「二度とわたしの体にいやらしく触らないと誓え」

「もう触らない。好奇心をちゃんと抑える」

「約束破ったら、針千本だから」

「うん。了解」

なんだかふわっとした罰だったので、場合によっては逃げられるような気がした。

「長さは五二ミリで横幅が一・六ミリ、糸通し穴の幅が五ミリの手縫い針だから」

だめそうだった。

ディティールが細かすぎて一気に現実味を帯びてきた。

話もちょうど良い距離幅で脱線してきたところで、そろそろ教室に戻す説得をしなければと思った。いい文句がないかと考えをめぐらせるために、何気なくあたりを見回す。そうやって牧の体に再度視線を戻したそのとき、まとまりかけた思考が霧散した。

「一歌……？」

急に硬直した私をいぶかしむように牧が声をかけてくる。

本人はまだ気づいていない。どうする。どうやって伝える。

「牧、落ちついて聞いてほしい」

「なに？」

「気づいても叫ばないって約束してほしい。約束破ったら、針千本だよ」

「だからなんのこと。早く言って」

私が問題の個所を指さす。

牧が自分の下半身に視線を落とす。

そして両足の間、スカートのなかから、するりと伸びる一本の白い尻尾《しっぽ》の存在に、彼女がようやく気づく。

「うぎゃ――」

叫ぶ前に口元を押さえ、そのまま近くにあるトイレに連れ込んだ。幸い誰もいなかった。壁際まで移動し、二人して問題の尻尾を見下ろす。牧はぱくぱくと口を開けて、一言も発せずにいる。床につかないすれすれの空間で、尻尾の先が揺れている。動くたびにスカートの布がこすれる音がかすかにしていた。

牧が洗面台の前に移動する。腰をつきだし、スカートにしまっていたワイシャツをたくしあげて、鏡で確認しはじめる。白い毛並みと、淡い桃色の毛先。やはりあの白猫のものだろう。さらされた腰元の肌をのぞくと、尾てい骨のあたりから問題の尻尾が生えているのがわかった。

前触れもなく再び起こった猫化に呆然《ぼうぜん》としながら、牧がつぶやく。

「なんで、なんで、いつの間に……」

「気づかなかったの？」

「まったく」

「ちなみにそれって自分の意志で動かしてたり？」

「なわけないじゃん！　ていうかそんな呑気な質問をいま――」

そのときだった。

はしゃいだ話し声とともに、トイレに入ってくる女子生徒たちの気配がした。二人で顔を見合わせる。まずい。尻尾を隠す余裕はない。バレたらどんな顔をされるか、あるいは何と言われるか。このままでは教室の二の舞で、牧がますます不登校になる。

気づけば牧の腕をつかみ、個室に飛び込んでいた。二人でおさまり、ドアの鍵《かぎ》をかけるのと同時に、女子生徒たちがなかにはいってきたのがわかった。気配から察するに三人らしい。洗面台の前で化粧を整えるために来たらしく、そのままドアをはさんだすぐ向こうで談笑を始めた。

牧と顔を見合わせる。距離が近く、お互いに顔をそらす。少しでも体を動かせばお互いのどこかに当たりそうで、身じろぎは厳禁だった。このままやり過ごすしかない。決して微動だにしてはいけないし音も出してはいけない。あ、くしゃみでそう。

「(あほか!)」

小声で怒鳴るという器用なことをしながら、牧が即座に私の鼻をつまんでくる。驚いて肘《ひじ》を壁にぶつけて、結局、ごつんと、音が響いた。外にいる女子生徒が一瞬だけ会話を止めたが、すぐにまた談笑が始まる。

よく考えれば鍵のかかった個室にひとがいるのは自然なことだし、完全に音を出してはいけないわけでもない。牧も同じタイミングで気づいたのか、私の鼻こうを解放してくれた。とたんに流れ込んできた埃《ほこり》か空気かわからないものに刺激されて、耐えられずくしゃみを放った。

「はっけよい！」

相撲の行司みたいな声が出て、我ながらびっくりした。たぶん土俵で実際にいまの声を流しても、力士たちは試合を始めてくれる気がした。

くしゃみに気づいて、女子生徒たちがまた会話を止める。そしてまた再開される。早く出ていってほしい。授業が始まる直前までそこにいるつもりだろうか。

そしてツボに入ったのか、牧が口に手を当ててうずくまっていた。肩を小さく震わせて、必死にこらえている。悪いことしたなぁ、と逆に私自身はいたって冷静だった。

女子生徒たちの談笑が終わる気配はない。することもないので牧をあらためて観察する。昔から変わらないパーマの短い黒髪。灰色のパーカーのフードには、猫のシルエットがかたどられた髪留め。中学時代も、いつもそこにつけていた。身長は私のほうが少し高い。頭頂部がぎりぎり見えるか見えないか。こうしてまっすぐ立つと、少し見下ろす格好になる。

一年半だと、あまり容姿は変わらないのかもしれない。

ただ一点、スカートのなかから伸びるその部分だけをのぞいては。

いまも尻尾は動き続けている。たまに止まったかと思えば、何かを探るみたいにまた揺れ始める。牧は笑いをこらえるのに忙しくて、私の視線に気づいていない。好奇心がやはり膨らんできて、それがどうにも抑えられそうにないことにも、気づいていない。

一秒だけなら。

一瞬だけなら。

いまならバレないかなと思い、そっと手を伸ばした。

「んひっ！」

尻尾の先をつまむと、牧が甲高い声をあげた。驚いてさっと見下ろし、私の手にようやく気づく。口元に手を当てたまま、睨んでくる。この前生えてきた耳同様、やはり感覚はあるらしい。そしてすごい。触ってもやはり、本物の猫の尻尾だ。

「(こらおい！)」

「(そのまま口、押さえてて)」

「(何言って……っ！)」

動く尻尾を追って、やさしくつかみ、撫でる。無意識の動きなのか、牧がつま先を上げ始めた。いったいどんな感覚が襲っているのだろう。もっと触ったらどうなるのだろう。

この前みたいにあっさり取れるのだろうか。いや、結局あれは取れたわけじゃなくて牧の体に戻ったということなのだろう。

ああ知りたい。もっと知りたい。

ここにいるのは確かに牧だけど、同時に彼女は猫でもある。こんなに自由に猫に触れる時間があっていいのだろうか。ごめんなさい約束を破ります。

「……っ！　……っ」

尻尾に触れる手をつかんで、牧が止めようとしてくる。腕力では負けない自信があったので、無視して続ける。触るたびに向こうの握力が抜けていくのがわかる。

牧の体に熱が帯びる。彼女の手が制服のすそをつかんできて、その震えが伝播《でんぱ》する。身をよじってかわそうとするが、狭いトイレの個室に逃げ場はない。トイレの蓋《ふた》に座りこませて、そのまま押さえつける。牧の熱を浴びているせいか、しだいに本来の目的とはまったく別の、妙な嗜虐心が芽生えていた。止まらない。自覚しているのに手が止まろうとしない。尻尾を触るとまた牧が反応する。そして——

「ひ、いうっ！」

悲鳴に似た牧の声が、響き渡る。焦った私が壁やドアに体をぶつけてしまい、さらに鈍い音が続く。

とうとう、女子生徒たちが完全に会話を止める。ドア越しでも視線を浴びているのがわかった。女子三人の声が聞こえてくる。

「ねえ、これもしかしてさ」

「え、うそ、朝から？」

「すご。元気。めっちゃ思春期」

くすくすと笑い、間違った察し方をしながら、女子生徒たちは去っていった。足音が完全に遠のいて気配がしなくなるまで、私たちは個室のなかに閉じこもっていた。

ドアを開けて最初に出たのは牧だった。外に出る頃には私もすっかり我に返っていた。できればこのままドアを閉じて距離を置きたかった。

牧は背を向けたまま何も言ってこない。うつむいているので、鏡越しでも表情がわからない。おそるおそる、声をかける。

「あの、祭原さん？」

喋《しゃべ》らない。

「いやなんていうか、その、ごめん、また抑えられなくて……」

喋らない。

「自分でもおかしいなぁとは途中思ったんだけど」

喋ってくれない。

「すみません何か言ってくださいお願いします！」

全力で頭を下げる。足りなければ土下座の準備もできていた。見ると、スカートのなかから伸びる尻尾が、かすかに揺れている。

振り返る気配があって、そっと顔を上げると、牧と目が合った。

絶交中でも見られなかったような冷淡な表情を浮かべながら、そして一切の冗談の雰囲気を感じさせない本気の口調で彼女が言った。

「とりあえず買いにいこうか、針」


結局、牧は下を体操着のジャージに着替えて、そのなかに尻尾を隠すことで一旦《いったん》問題を解決させた。教室に保管してある体操着は私が持ってこさせていただいた。授業も受けられる気がしないということで、そのまま早退することになった。僭越ながら私も同行させていただいた。

帰り道にコンビニに寄って昼食のお弁当をご提供させていただいた。スナック菓子とジュースも差し上げた。針が用意できたら連絡するというお言葉をいただいて、その日は解散となった。泣きたいけど我慢した。

夜、彼女からご連絡をいただいた。メッセージを開くと、このような文言だった。

『尻尾がさっき消えた。気分が良いので、針は保留にしてやる』

余計な顔文字やスタンプを送らず、シンプルに「ありがとうございます」と返信して、牧とのチャット画面を閉じる。それからスマートフォンを置いて部屋で吠《ほ》えた。

よっしゃ助かったぁ！

2

翌日、牧はあっさりと登校してきた。バレなかったとはいえ、猫化が起きた直後の数日くらいはまた休んでごねだすと思っていたのだが、いつも以上に人を寄せ付けない空気を帯同させて席につく。もちろん私とも会話はない。別に会話する義務はないのだけど、あまりにもスイッチの切り替えがはっきりしているので、器用だなと思う。

試しに話しかけたらどんな反応をするだろう。二人きりのときと同じような空気になるのだろうか。「やっほー牧っち！　げんきぃ？」とか、呼んだことないニックネームを使いながら肩を叩《たた》いてみようか。飲みこむのが針だけでは済まなくなりそうだ。

声はかけず、自分の席からそっと、牧の腰の付け根を観察してみるが、尻尾《しっぽ》はやはり消えているようだった。スカートに戻っているし、隠そうとして不自然な膨らみができているわけでもない。猫耳同様、一日経たないうちに現象は収まるらしい。あまりにもじろじろ観察しすぎたせいか、移動教室のとき、途中の廊下でこっそり蹴《け》られた。

話ができたのは放課後になってからだった。今日は委員会の仕事がある日で、強制的に二人きりになる機会でもある。職員室に向かっている途中、階段の踊り場で待ってると、後ろから牧が降りてきた。面倒くさくても、私と会うのが嫌でも、与えられた仕事は結局サボらない。

「あれから連絡もなかったから、登校してこないと思ってた」

「にゃあ」

「え、うそ！　まさかいま猫入ってる？　どうしようっ」

「馬鹿」

からかうように、牧が小さく笑う。演技だった。だまされた。そして妙に機嫌が良いというか、昨日よりも余裕がある。

職員室に寄って掃除用具と虫取り網を借り、この前と同じく、まずは中庭に向かっていく。途中で牧は余裕が生まれた理由を語ってくれた。

「もちろんこの瞬間も凄《すご》い不安だけど、ちょっと慣れてきた。あとなんとなく現象が起こる予兆がわかった」

「そうなの？　どんな予兆？」

「体の内側全体が少しもぞもぞするというか、かゆくなる。かゆい個所の表面の皮膚をいくらかいても、そのかゆみが治まらないときがあるでしょ」

「なんとなくわかる」

　それと似ているということか。予兆がつかめたというのは、確かに元の生活を取り戻すうえでは前進といえるかもしれない。ルールというか、法則のようなものがつかめればもっと余裕ができるだろう。

「いまはその『もぞもぞ』は？」

「きてない。けど早く帰りたい。あんたのそばにいると少しずつ自分が汚れていく」

「こんな風に？」

「だからなんで昨日の写真持ってる！　いつ撮った！」

　スマートフォンでこっそり撮った牧猫コレクションの、尻尾版。例の如くすぐに消せ、と迫ってくる。もちろんクラウドに保存してあるので躊躇《ちゅうちょ》なく目の前で消すフリをする。写真が消えて落ち込む演技も少しいれておいた。にゃあ。

「そういえば、白猫の名前、どうしよう」

「なんでもいい。というか名前なんかつけなくていい」

「牧のなかにいるから、カタカナで『マキ』でいいかな。白猫のマキちゃん」

「絶対やめろ」

話しているうち、グラウンドの端にある林にたどりつく。あの白猫を見かけた現場の近くだ。探してみるが、やはり白猫の姿はない。牧のなかにいるから。

白猫の代わりに現れたのは、黒と茶色の毛が混ざったサビ猫だった。木の根元に座り込み、手もとを舐《な》めて毛づくろいしていた。私たちに気づいて目を上げるが、完全に人慣れしていて、すぐに逃げる気配はない。さすがは宮毛町の猫だ。

私たちの仕事はこうやって学校の敷地内に入り込んだ猫に帰ってもらうこと。ただしあまり乱暴にはしたくない。虫とり網でしっしと追い払うようなことをしたら、次に会ったとき嫌われてしまいそうだ。そうなったら泣く。できればやさしく抱っこして連れて行ってあげたい。猫も私もウィンウィンだ。

「って、あ」

躊躇している私の手から網をふんだくり、牧がすばやく仕事を始める。サビ猫には直接触れないものの、網の先で威嚇するようにつつき、その場から追い出す。サビ猫はこちらに友好的な雰囲気がないのを察知して、すぐに跳ねて逃げていく。

「ああ、行っちゃった……」

「行ってもらうのが仕事でしょ」

「でもあんなことしなくても。牧だって猫好きでしょ」

「ごめんなさいねぇ、いまちょっと猫と折り合い悪くて」

世界で一番不気味な笑顔が浮かんでいた。無粋が過ぎると、ひとはこんな顔になるのだと知った。

がさ、と音がして、振り返るとさっきのぶち猫がいた。うんざりするように、牧がまた追い払う。

「さすがの一歌でも同じ呪いにかかったら、きっと同じことするよ。猫との距離感を測りなおすことになる」

どうだろう。

不謹慎だけど、少し楽しむかもしれない。

表情に出ていたのか、呆《あき》れたように牧が溜息《ためいき》をつく。

「やっぱあんたは例外」

「だって色々興味あるじゃん。そもそも猫ちゃんが意識を奪ったときに、牧の体を使って

『ニャア』って鳴ける仕組みがよくわかってない。本来は特殊化粘膜っていう粘膜組織を使ってあの声を出してるんだよ。人間にはない器官。ちなみに、ごろごろって喉《のど》を鳴らしてるように聞こえるあれも特殊化粘膜とは別の、喉頭室皺壁《こうとうしつしゅうへき》っていう発声器官を使って て、なぜなら猫には声帯がないから――」

「あーわかったわかった。もういいその無駄な雑学」

進む先の木陰から黒猫があらわれる。と思っていたら、別の木から茶トラが降りてくる。この前よりも出会う確率が多い。片っぱしから牧は網を使っていく。鬱憤《うっぷん》が溜《た》まっていたのか、キジトラがあらわれたときには走り出して追いかけていた。五歳のときの自分を思い出したが言わなかった。

「本当に多いね、ここ」私が言った。

「嬉《うれ》しそうに言うな。生徒だけじゃなくて先生も餌あげてるって噂を聞いた」

ブチ猫が茂みからあらわれる。さっきとは違う、別の尾が短いトラ猫も。私の一番好きな種類の三毛猫もいた。白と黒が配置が反転しためずらしいブチ猫。さっきのキジトラに、サバトラ、最初に追いだしたはずのサビ猫。あれ、少し多すぎない？

二人で顔を見合わせる。

「牧、これって……」

「訂正。やっぱり慣れそうにない」

気づけば無数の猫に、まわりを囲まれていた。


学校を出ても猫たちは一定の距離を保って私たちについてきていた。途中で何匹かは飽きたのか姿が見えなくなったけど、まだ振り返ってちらりと数えるだけでも、七匹はいる。

私たちというよりは、あきらかに牧のほうについてきている。

「すごい、猫を引き寄せてる。猫の吸引機だよいまの牧は」

「なんなんだこれ」

「ちょっと触ってくるね」

「なんなんだお前！」

一番近くにいる黒猫に近づいてみるが、あえなく逃げられた。黒猫に続くように他の猫も私から遠ざかっていく。心がずたずたになった。いまの私は完全にお邪魔虫だ。一番仲良くなりたいものほど、一番私から離れていく。

「吹き飛ばしてくれてありがとう、猫の扇風機」

戻ってきた私に牧がとどめの一撃を見舞う。背後でまた、散っていった猫たちが一匹ずつ集まってくる雰囲気があった。牧のなかにいるあの白猫の存在を感じ取っているのだろう、だからそうっと様子をうかがいながら接触してこようとしている。

住宅街の分かれ道にさしかかり、牧が道を曲がって去っていくのを見送ることにした。その後ろをゆっくりついていく猫軍団という絵面が、ちょっと見てみたくなったからだった。できれば写真にも撮りたい。

ところが牧は去ろうとせず、こんな一言を向けてきた。

「今日も両親いないんだっけ？」

「うん。いまは」

「いまからまた行っていい？」

「家に？　なんで」

「あの猫の群れになんとなく自宅を知られたくないの」

なんと贅沢《ぜいたく》な悩みだろう。私は全員家に上げてパーティでも開きたいところなのに。けれど当の牧は、猫との距離を測りなおしている最中だ。

来ること自体は別にいい。

けど、なんとなくなし崩し的になっている一年半前からの絶交中の件については、どう思ってるのだろうか。話すことはないし、話しかけるなとも言われている。もう解消されたということなのか。ずいぶん前から普通に話してるし。

ちゃんと口に出して安心させてほしいとか、そういう面倒くさい女に転生したわけじゃないけど。

まあ、まっすぐ訊《き》きかえせるほど、度胸もなく。

「いいよ。けどお父さんが猫アレルギーだから、あんまりリビングのほうには立ち入らないほうがいいかも。万が一バレる可能性がある」

「わかった。部屋にいる。猫の群れがあきらめて消えたらすぐ帰る」

一緒に歩きだし、同じ道を進む。

たくさんの猫を引き連れて自宅まで行進。これまでの人生で夢に見ていてもおかしくない光景だ。途中で望遠機能を使いながら自撮りを試してみたけど、始終動きまわるのでなかなか上手くおさまらない。

そして猫のことから思考が逸れると、気づけばまた隣の幼馴染《おさななじみ》のことを考えている。

同じ歩幅で同じ場所へ向かって歩いているけど、同じことを考えている顔では、あきらかにない。

自宅前にたどりつく。玄関の門を抜けて、躊躇なく牧もついてくる。ドアを開けて玄関口で靴を脱ぐ。牧は丁寧に靴をそろえる。とん、とん、とん、と階段を上がる足音が重なっていく。こんな時間がまたくるなんて、想像できなかった。

このままゆっくり、さりげなく、ごく自然に、元の関係に戻っていくのだろうか。それとも問題がすべて解決したら、牧はまた私と口を利かなくなるのだろうか。使い終えたボールペンみたいに、役目を終えたら、すぐに意識の外に放り出すのだろうか。

尋ねたいことは昔から変わっていない。私が約束をやぶったあの日のこと。牧と一緒に旅行に行くつもりだった日、その待ち合わせ場所に行かなかったこと。あの日が牧にとって、どれくらい大切なことだったのか。それを知りたい。

どこかのタイミングで聞けるだろうか。問題をすべて解決したら、その報酬みたいに、質問に答えてくれたりするのだろうか。

あるいは、いま――

「ねえ、牧はさ」

振り返ろうとした、そのときだった。

「ぬわっ、ちょ、な！」

がっと腕が胴体に回ってきて、そのまま抱きつかれた。

体をひねることができないほど強く。

「なに!? なになになにいきなりなに！」

一気に火照る。力が入らず、よろめく。

抱きついた牧が体重をかけてくる。

どたどた、と床を何度か踏んで、そのまま倒れこむように、ベッドに落ちた。

身をよじって、起き上がろうとするが、牧が素早く両手首をつかんで押さえつけてくる。

馬乗りにされて、体の支配をとうとう完全に奪われる。

「牧っ！　ちょっとどうしたの」

怪しく揺れる彼女の瞳《ひとみ》を見て。

すべてを悟った。

「ニャア」

彼女のなかに住んでいる子が、また目の前に現れていた。偽物でも物まねでもない、本物の猫の鳴き声が部屋に響く。

教室のときと同じだ。意識を支配されている。いまここにいるのは牧ではない。白猫のマキだ。いつ入れ替わったのだろう。やはり部屋に入った直後か。

「ええと、牧、じゃなくて白猫ちゃん？」

「アァウ」

甘えるように鳴いて、白猫のマキが頬をすりつけてくる。そのまま体を預けるように倒れこんでくるので、思わず抱きとめる。立ちあがって少し距離を置きたかったけど、結局ベッドにあぐらをかいて、壁に背を預ける姿勢に落ち着いた。

あぐらをかいた太ももに、マキが両手を乗せて交互に体重をかけてくる。ふみ、ふみ、と柔らかい効果音でも聞こえてきそうな動作。本来は母猫のお腹をこんな風に押して母乳を出しやすくするための行動らしい。子供のころの記憶がいまも残っており、信頼を寄せる相手には見せるという。

どうやっているのか、人間の人体構造的には不可能なはずなのに、ごろごろ、と喉を鳴らすような音も聞こえた。ひねくれず解釈すれば、それもリラックスしているサインである。少なくとも敵意はないはず。

頬に頭をぶつけてくる。加減がなく、少し痛い。ぶつけてくる頭を手で受け止めて、そうっと撫《な》でてやると、頭突きが止まった。撫でてほしかったらしい。

猫だ。完全に猫だ。しかもなぜか私に懐いてくれている猫。いまこの間だけは牧との間に人間的なしがらみはなく、そして絶交もしていない。躊躇《ちゅうちょ》なく可愛い、と思える程度には私もこの状況に麻痺《まひ》してきている。

「でもこれ、牧も覚えてるんだよね」

見ている、という表現が正しいかもしれない。操縦桿《そうじゅうかん》を奪われた艦長はいまごろ、わなわなと震えながらこの状況を眺めているのだろう。

マキの頭を撫でるのをやめると、今度は腕を軽く引っかかれた。撫でるのを再開すると、また喉を鳴らし始める。そこにいるのは確かに猫なのに、触れているのは牧の体。彼女の言っていた表現とは別の意味だけど、なんだか、私までもぞもぞしてくる。

猫と戯れられるまたとない機会。かと言ってうかつなことはできないし、逆に無視し続けても体に生傷が増えていくだけだ。

撫でられることに満足したのか、マキが寄りかかる体を起こし、ベッドから四足歩行で降りていく。スカートがめくれてはだけるのも構わず、そのまま一直線に、本棚がある部屋の隅へ移動する。

近づいて乱れたスカートを直してやりながら、マキが眺める先を見ると、何に興味を奪われたのかがわかった。

「もしかして、これ？」

棚に指していたものを取り出すと、ニャアと鳴いて、わかりやすく反応を見せた。

ネコじゃらし。

私のお手製のものだった。モップを整形してつくりなおした先端部分に、ジャージのひもをつけて、プラスチックの棒にくくりつけたもの。完成させたきり、まだ一度もどの猫にも遊んでもらえていない作品。

マキが右腕を伸ばし、飛びあがってくる。ものすごい跳躍力で、そのまま頭を天井にぶつけていた。運動能力まで変わるのか。まだ慣れない体らしく、マキは着地に失敗して派手に音を立てる。

マキはネコじゃらしに興味津津の様子だった。既製品ではなく、私のつくったオリジナルのおもちゃに。

「……遊ぶ？」

「ニィ！」

早くしろ、と急かされる。

「急かされているんだから仕方ないよね。逆らったら怒らせちゃうし。怒らせて暴走されて、怪我をするのは嫌だからね。うん、そうだ。これはもうほとんど脅迫されているのと同じなんだよ。私に選択権はないの。だからたくさん、もてなしてあげるしかない。聞いてるよね、牧？　そういうことなので私は悪くないから」

理論武装完了。よし遊ぼう。

モップを床で動かしてやると、さっそくマキが飛びつく。中身は白猫でも、人の体なので動きが大きい。また別の方向にモップを動かすと、また飛びつく。マキが動きまわるモップを目で追い、顔を左右に動かす。腰をつきあげて、いつでも飛びかかれる格好。もうモップしか見えてない。

「うぐわぁ楽しい……っ！」

このネコじゃらし、やっぱりちゃんと猫に有効だったのだ。ついに日の目を見た。誰にも遊んでもらえず、喜んでもらえず、このまま大みそかの大掃除のときに勝手に捨てられる未来がくるのだとばかり思っていた。ああだめだ、嬉《うれ》しすぎて泣きそう。

「それ、それ、それ、それ！」

「ニウウウ」

戯れの威嚇声を上げながら、マキが飛びつく。興奮しているのがわかる。私ももちろん、興が乗る。

「それぇぇ！」

モップを振り回し、ひらひらと舞って、マキと一緒に踊る。新体操のリボンでも操っている気分だった。最高だ。ほかのおもちゃも試したい。絶対に試そう。というか新しくつくろう。きっと喜んでくれるはず。このままずっと家にいればいいのに。

「なにしてんの？」

踊りながら振り返ると、ドアの前で母が立っていた。

血の気が引いた。

血の気って本当に引くのだと知った。

母も母で、ドアを開けたことを後悔したような顔をしていた。実の娘に向ける目つきじゃなかった。

「お、お母さん。夜勤じゃなかったの？」

「いや日勤だけど」

「そう……」

「あれ、もしかして牧ちゃん？　わあ久しぶり元気だった？」

マキは母のほうには目もくれず、私が床に落としたネコじゃらしに飛びついている。まずい早く母を追い出さないと。一言たりとも会話させてはならない。接触させればさせるほど違和感に気づき、そのことを母が牧のお母さんに報告しないとも限らない。

部屋に入ろうとした母をすぐさま押し返す。

「いまちょっと取り込み中だから！　ダンス！　そうダンス！　ストレス発散にダンスしてたの。宮毛町を象徴する猫をモチーフにしたコンテンポラリーダンス！」

「ちょっとくらい挨拶《あいさつ》させてよ」

「いま猫になりきるのに忙しいから！　ほら見てあんなにクオリティ高い！」

やり取りを重ねながら、なんとか部屋の外まで押し返す。

「牧ちゃん、夕飯つくったら食べていくかな。揚げ物とかの予定だけど」

「食べると思うっ　じゃあそういうことで！」

ドアを閉めて、念のために鍵《かぎ》もかける。ようやく力が抜けて、そのままドアにもたれかかり、座りこむ。

これで一段落だ。少し強引だったけど、とりあえずピンチはしのいだ。

このあとはもう静かに過ごしていよう。ようやく冷静になれた。牧の人格が戻ってくるまで、なるべく興奮させないようにしないと。

「ん？　あれ？」

やけに静かだと思い、そっと顔をあげた。

そこでまたもや血の気が引く。

マキの姿が、どこにもなかった。床にはネコじゃらしが寂しそうに放置されているだけだった。

「え、え、え、うそ。どこ？　どこ行った？」

風が頬に当たり、嫌な予感がした。おそるおそる視線を向けると、窓が開いていた。

窓に飛びついて顔を突き出す。見下ろしてすぐ、そこに叫びだしそうな光景が広がっていた。

民家の塀を、マキが器用に歩いていた。

「ちょちょちょちょちょちょちょ待って待って待ってえぇぇぇ！」

エントランスを抜けると、マキがちょうど塀を降りるところだった。音のない着地で、一瞬だけ本物の猫に見えた。二階の窓から飛び降りたことといい、牧自身への体の負担はどうなっているのだろうか。もしこの先、猫には飛び降りることができる高さでも、人間には耐えられない場所から落ちたりでもしたら。

「まずいってまずいって……」

靴下のまま四足歩行で通りを進んでいく。幸い、人間の骨格的にスムーズな動きができないらしく、本来の猫の速度と比べれば速くないし、白猫ちゃん自身もまだ牧の体を自由にコントロールできている印象はない。

待って、と何度か叫ぶがマキが止まる様子はない。夕方でこれから徐々に人通りも増えてくる住宅街。誰か一人にでも見つかれば、どんなことになるか。一番マズいのはマキが学校の制服を着ているということだ。きっとすぐに特定される。誰かが好奇心で動画でも撮っていたら？　不登校どころか、二度と外に出なくなるかもしれない。

マキが角を曲がる。その先にあるのは公園だった。追いかけると敷地に入り、まっすぐ砂場に向かっていくところだった。猫と砂場と聞いて、反射的に連想する。

「まさか、トイレっ？」

そんなこと絶対にさせられない。事情を知らない他人が見たら、四《よ》つん這《ば》いの女子高生が子供たちの遊ぶ公園の砂場で用を足すところにしか見えない。なかに白猫が入っていたんです、と語っても裁判では不利だ。

駆け寄って近づくと、想定していたようなことは起きていなかった。トイレではなく、砂場にいる他の茶トラの猫と挨拶をしているところだった。お互いに鼻先を嗅《か》ぎ合っていて、茶トラ猫も牧を人間として認識しているような様子はない。そのなかに猫がいることを、きちんとわかっているような、本物の猫同士の交流。

とはいえ、危機は去っていない。公園を抜けたすぐ向こうは商店街につながっている。あそこまで行けば本当におしまいだ。

公園内を見回すが、ひとはいなかった。いや二人いた。小さな息子の手を引いて母親が急いで出ていくところだった。目撃されていたらしい。大丈夫、まだ大丈夫。

気配がして振り返ると、猫が三匹、砂場に集まろうとしていた。マキを追いかけてきていたあの猫の群れの一部だった。

「ナァーオ」

マキが猫たちに気づいて、一声鳴く。調子の高い声。明らかに何か会話をしようとしているのがわかる。マキの声に導かれるように、猫たちが歩調を速める。何が始まろうとしているのかはわからない。けど、これ以上派手な光景が広がる前に、なんとかしなければいけないのは確かだ。

「マキ、ちゃん！」

呼びかけて、私が取り出したのは、さっきまで遊んでいたネコじゃらしだった。

気を引けるか自信がなかったが、マキはちゃんと私と、私の持つネコじゃらしに気づいてくれた。茶トラ猫との交流をやめて、ゆっくり近づいてくる。一歩、いっぽと手足を動かして、手のひらに砂利がつくのもいとわず、小さく鳴く。

「そう、そのまま、そのまま来て」

近づいてもらって、それからどうする？　抱えて帰るか？　抱えられるだろうか。たぶんできる。ぎりぎり可能なはず。背中に背負うよりは前に抱える格好になるだろう。それもなかなか際どい光景だが、砂場で猫の群れと何かのサミットを行っている光景よりはまだマシだ。

ネコじゃらしを振って揺らす。緩急をつけて、なるべく生き物っぽく。

マキが立ち止まり、腰をつきあげて、いよいよ飛びかかる姿勢になる。早く腰までめくれあがっているスカートを直させてほしい。

「来て！」

「ニャア」

収縮したばねが解放されて伸びるように、マキが飛びついてきた。あまりの速さに反応が遅れ、握っていたはずのネコじゃらしの棒が衝撃で手から離れる。簡単に奪われてしまった。このまま咥《くわ》えて、どこかに持っていかれでもしたらまずい。

躊躇《ちゅうちょ》せずネコじゃらしに気をとられているマキに飛びついた。おおいかぶさるようにすると、もがいて逃げようとする。ぐう、ぐぐう、とくぐもった声を上げる。数回抵抗されたのち、何とか抱え上げることに成功する。

「よしこのまま――」

目が合って、そこで言葉が止まる。

その瞳《ひとみ》の奥に、人間的な正気が宿っているのを、すぐに察知した。

耳や頬が一瞬で赤くなっていく。この反応を私は前に目にしていた。

「も、戻った？　マキじゃなくて牧に戻った？　ええと、それじゃあ、とりあえず叫ばないでもらえると助かる」

「ひぎゃあああああああああ！」

耳の近くでもろに絶叫を食らってしまう。ばたばたと猫以上に激しく暴れて、たまらず体勢を崩して、一緒に転ぶ。集まりかけていた猫の群れもそこに白猫がもういないことに気づいたらしく、一目散に逃げていった。

牧は羞恥《しゆうち》のうめきをあげながら、その下に親でも埋まっているみたいに、地面を拳《こぶし》の側面で叩《たた》き続ける。

「殺して……もういっそ殺して……」

「大丈夫、まだ大丈夫。商店街とかには行ってないし。奇跡的に人目にもついてない。セーフだよ。よかったねぐえええええ」

首を絞められた。

なぜか私が殺されそうになっていた。もがいて手を外そうとするが解放してくれない。

あ、これ本当に殺そうとしている。

「忘れろ忘れろ忘れろぜんぶ忘れろ！」

「じぬ……」

「あんたが死ぬか私が死ぬしかもう道はないの！」

薄れる意識のなかで、これなら猫のままでいてほしかったな、と最後に思った。

3

牧は昼から登校してきた。さすがに今日は休むのかなと思っていたが、遅刻を気にする様子もなく、淡々と席につく。それからいつもの、気軽に声をかけづらい、凛《りん》とした美人の雰囲気をつらぬきはじめる。一周まわってもはや笑える。

話しかけるタイミングもなく放課後を迎える。早々に教室から出る牧を追いかけて、階段の前で呼びとめた。相変わらず不機嫌そうな顔だけど、前よりも抵抗なく、振り向いてくれるようにはなっていた。

「ちょっと話せる?」

「五時からお祖母ちゃんと買い物があるんだけど」

「数分でいいから。わかったことというか、気づいたことが一つある」

牧は数秒考えたあと、階段をのぼり戻ってくる。そのまま顔を上に向けるので、意図を理解し、彼女のあとについて屋上の前の踊り場まで移動した。

牧のいない午前中にこれまでの出来事を整理して、私なりにひとつ仮説を立ててみた。

とりあえず筋が通っていることのように思えるし、今後の牧の助けにもいくらかなるはずだ。だから報告するなら早いほうがいいだろうと、一見不良の生徒だけどお祖母ちゃん想いとかいう、露骨な好感度上げをしている彼女を呼び止めた。

踊り場でメモしたノートの切れ端を見せる。書いた内容を読み上げていく。

「牧が抱えてるその猫の呪い、出現の仕方に順序があるんじゃないかって思うの」

「メモまで書いたのか。で、順序って？」

「最初はまず猫耳が生えてきた。その次に教室で意識を奪われた」

私の言葉に続いて、牧がメモを読む。

「んーと、その次に尻尾《しっぽ》が生えて、また意識を奪われた」

「そう。だからつまり、いまのところは必ず交互に現象がやってきてる」

「なるほど。もしくは白猫が意識を奪う予兆として、体の一部が猫になる現象が起こる」

これまでの現象を整理するなら、その仮定が成り立つ。法則を確定させるにはまだ少し根拠が足りないけど、検証してみる価値はある。

牧がメモに目を落としながら続ける。

「最低なこの呪いにいま言ったルールが当てはまるなら、次にやってくるのは、体の一部が猫になる現象」

「また尻尾が生えるのかもしくは猫耳か。それとも新しいどこかか」

「いいんじゃない？　間違ってないと思う」

やけに他人ごとな感想を漏らしながら、牧はメモを乱暴に畳んで、ポケットにしまう。

昔からものの扱い方が雑で、小さなメモ用紙ひとつとってもその様子がうかがえる。過ごした時間が接着剤となって、気質《きしつ》や性格は簡単には本人からはがれ落ちない。

「いいんじゃないって、反応薄いなぁ。大発見だと思ったのに」

「この前も言ったけど、最近は少し慣れてきた。わたしも冷静に対処できるようになってきたし、いまさら法則がわかってもね」

「祭原さん、冷静に対処できるひとが他人の首を絞めたりはしないと思うの」

「もう謝ったじゃん」

「いやいやいやいやいや一言も聞いてませんが」

食い下がる私に、しっしと追い払うような仕草。なんという失礼な態度。決めた。このやり取りが終わるまでに絶対に好感度を下げてやる。

「ちゃんと謝るまで帰さない」

「だから謝ったってば。あんたと会ってからわたしが今日話した言葉の頭文字を取ったら、『ごめんなさい』になるから」

「…………わかるかそんなテクニカルな謝罪！」

　確かに言っていた。五時から、と言っていたところから、いいんじゃない？　のくだりまで、頭文字を取ると確かに謝っている。やけにまどろっこしい表現や答え方が多いなとは思っていたけど。そこまでか。そこまでして私に正面から謝りたくないのか。

「用事ないならもう帰るけどいい」

「ぐ、ぬうう」

　階段を先に降りて帰ろうとする。追いかけようと思ったけど、見苦しさを重ねてしまう気がして、今日はあきらめた。

　姿が見えなくなる直前、振り返らずに表情を一切見せないまま、牧は最後にこう言い残していった。

「でもまあ、一応ありがと……」

　ずるい答え方だった。

　週末、牧がマスクをして登校してきた。誰とも目を合わせず席につく。具合が悪いのかなと眺めていると、数メートル先の本人からメッセージを受信する。『四階奥の空き教室Aに』と、短い文章だった。

牧が先に立ちあがって教室を出る。なぜ直接話しかけてこないのか。まわりくどさに溜息《ためいき》をつきながら、私も教室を出た。

空き教室で牧は机に腰掛け、足をぶらぶらと揺らして待っていた。

「なんでここ？　いつもの屋上前の踊り場じゃだめなの？」

「朝はあそこ校務員が掃除しにくる。ここの掃除は最後のほうだからいまは誰もこない」

「さては何度かここでサボってるな」

「失礼なこと言わないで。自習してるだけだから」

答えながら、牧が机から降りる。

そして私と向かい合い、つけていたマスクをあっさり外した。

風邪や体調不良が理由でないことは、なんとなく察していたけど。

鼻のすぐ横に生えている、その長く白いヒゲに目を奪われて、私は言葉が告げられなくなる。

「叫ばないあたり、そっちもだいぶ慣れてきたじゃん」

「いや、まあ、それは……」

新しい部分の猫化。今度はヒゲ。どうやら表出の仕方には、まだまだバリエーションがあるらしい。猫耳や尻尾を見たときと同様、脳にがつんと衝撃がくる。そしてやはりというか、衝動を抑えられなくなる。

近づいて、手を伸ばす。

案の定というか、もちろん叩かれた。

「触らせてよ」

「嫌に決まってるでしょ。針を二千本に増やされたいの？」

「じゃあせめて写真を」

「それもだめ」

「写真くらいいいだろうが！」

「なぜそんな堂々と逆ギレできる⁉」

牧の感情と呼応するように、ヒゲがぴんと張りだす。その反応を見てますます触りたくなる。だいたい二人きりにまでなっておいて、誰にも見つからない場所におびき寄せて、それで少しも触らせてくれないなんて、生殺しもいいところだ。

「一応報告しただけ。一歌の仮説、正しいかもね」

「そしたら、そのヒゲが治まったあとには……」

牧が警戒するようにうなずく。

「またあの白猫に意識を奪われる」

猫の一部分が表出している体を見られることより、本当に恐れているのはそっちのほうだろう。猫耳や尻尾、ヒゲなら最悪、コスプレで押し通せそうな気がしないでもない。だけど教室で最初に暴走したときみたいなことが起こると、用意しなければならない嘘がもっと複雑化していく。ちなみに教室はいま、数学教師と体育教師の交際関係についての話題でもちきりになっている。

「ヒゲが生えてくる前、今回ももぞもぞはあったの？」

うん、と牧が答える。

「このヒゲもたぶん今日か明日《あした》には消える。それでいいけど、意識を奪われるほうは一人じゃ対処できない」

目つきがそこで変わる。猫の目のように光り、見つめてくる。

「……もしかして呼び出したのって、ヒゲを見せることが目的じゃなかったりする？」

「これはどちらかというとあんたを釣るための餌」

牧は何か対策するための計画を立てているようだった。

そしてどうやら私も、それに協力することになっている。おそらくとても面倒くさいことだ。いつの間にか牧は立ち位置を変えていて、ドアの間にきれいに立ちふさがっている。私がうんと言うまで帰さない気でいた。

牧は計画の詳細を、こんな一言で始めた。

「今週の土日、ちょっと空けてもらえる？」


白猫のヒゲが取れたと連絡を受けたのは、土曜日の午後のことだった。準備を済ませて、自転車で家を出る。信号もほとんどなく快調に走り続けて、それでも牧のマンションに到着するまで二〇分ほどかかった。同じ町内なのに、私たちの家は東と南でほぼ両端に位置している。

エントランスのインターホンを押すと、外出用の格好で牧が出てきた。

「あれ、出かけるの？」

「一歌が泊まることをお祖母ちゃんに話したら、なんかつくれって、夕食用にお小遣いをもらった」

ちゃんと使いきるために、いまから出かけるのだという。

牧が明かした計画（対策）はシンプルで、ようは白猫に意識を支配されたときに自分を管理するものをそばに置いておくというものだった。体の猫化が起こってから、次の内側を支配する意識の猫化がやってくるまでには、それほどスパンはない。牧が当初睨《にら》んでいた通り、おそらくこの土日にはやってくるだろう。だから今日は部屋に引きこもって、そのまま泊まりこみの予定だった。

「外出て大丈夫なの？」私が訊《き》いた。

「まだヒゲが消えてすぐだし、平気だと思う。でもちゃっちゃと済ませよう」

歩きだそうとした牧が、私の乗ってきた自転車を見てすぐに足を止める。町内の買い物で速さを優先するならこれ以上の乗り物はない。カゴもついている。

「使ってく？　二人乗りで」

「だめ。法律違反になる」

「真面目だなぁ……」

それでも速さの誘惑にあらがえなかったのか、牧はそのままサドルにまたがりはじめた。丁寧に自分用に高さまで合わせている。やっぱり二人乗りをする気になったのだろうか。しかも漕《こ》ぐ側になってくれるというのか。

「じゃあ商店街まで行くから、ついていきて」

「え、は？」

「一歌は走るの速いでしょ」

「並走しろと⁉」

抗議の声を上げる。

「それ私の自転車なのにっ」

「うん、わかってる。大事に使う」

「そういう話をしてるんじゃない！」

やり取りをしているうちに隙を突かれ、走り出してしまう。納得がいかない。しぶしぶ、夕食代を出してもらうのだからと言い聞かせて、おいかけることにした。

容赦ない自転車の速度に合わせながら、走って一〇分ほどで、商店街のある大きな通りにでる。牧も自転車から降りて歩きはじめる。

「帰りは私が漕ぐからね」息を切らしながら言う。

「わかってる。もちろん」

とびきりの笑顔で返してくる。絶対嘘だった。

宮毛町商店街は、地元住民と観光客が常に入り乱れる賑《にぎ》やかな通りだ。店先の看板にのれん、マンホールや電信柱まで、いたるところに猫のイラストやシルエットがあしらわれている。土曜日のこの時間帯はとくに人が多かった。こうなると持ってきた自転車がとても邪魔だった。何度か立ち止まり、人混みが通り過ぎていくのを待たなければいけなかった。観光客が何人か集まってたむろしている場所もある。店と店の間の路地にスマートフォンをかざしているので、おそらく猫が隠れているのだろう。

目的地のスーパーマーケットにたどりつき、自転車を停める。近くには地元民がよく使うドラッグストアやコインランドリーもあり、同じ商店街の通りでも、観光客が訪れるエリアと巧みに分けられている。周囲のひとたちの服装も、電車や車を利用して訪れるようなきれいな外向きの雰囲気ではなく、あくまでも自宅から数百メートル圏内というような格好だ。観光地に住むというのは、今日みたいに混雑して移動が不便なこともあるけど、私は遊びにきた遊園地にずっと帰らなくていいと言われた気分になるので、どちらかといえば楽しいという感情が勝つ。

「ほら、ボーっとしてないで行くよ」

「ごめん」

牧に促され、スーパーマーケットに入る。出入口でまっさきにカゴをつかんだので、私はカートを引っ張ってきた。牧が無言でカゴをおさめる。

「そもそも何をつくるの？」

「カレー」

「オーソドックスだね」

「この前、食べられなかったから」

数秒かけて、ああ、と思いだす。猫耳を生やしてきたとき、帰りに食べていくかと誘ったことがあった。あのときの牧は、お祖母ちゃんが用意しているからと、断って帰っていった。

「奈爪《なつめ》家のカレーは美味《おい》しいし」

「へえ、ふうん」

「にやつくな、気味悪い。あんたを褒めてるわけじゃない」

「あんまり失礼なこと言うと、特製ルーの作り方教えないよ。あれは醬油《しょうゆ》とハチミツを使うけど、割合も決まってるし、どのメーカーのものを使うかも重要なんだから」

ふん、と鼻を鳴らして牧がカートを引いて移動する。野菜やカレーのルーが置かれたコーナーを無視して、そのまま調味料の棚に移動し、見つけた醬油とハチミツを手早くカゴに入れていった。奈爪家が使うものと同じメーカーだった。啞然《あぜん》として口を開く私に、淡々と言い放ってくる。

「何回食べたと思ってるの」

確かに小学校から数えたら、何度も遊びにきてるし、一緒に食べてもいる。泊まりだって今日が初めてではない。家族ではない誰かが、自分の家で使う調味料を知っている。幼馴染《おさななじ》みとは、そういう相手のことを言うのだろう。

「ふうん。覚えてたんだ」私が言った。

「だから、にやつくなってば」

「にやついてないし」

「わたしを不快にさせた罰として帰りもあんたが走りだから」

「そうはさせるか！」

やり取りをしながら、カゴにカレーの具材を集めていく。レジに向かう間に牧がいくつかお菓子やジュースを放りこんで、そのまま会計した。お金は出してもらっているので、袋詰めは私がやると引き受ける。自分が食べるお菓子とジュースは持つ、と牧はカゴから私物だけ引き上げ始めた。

「あれ、一歌。と祭原さん？」

声のした方を向くと、エコバッグを抱えた桜ちゃんがいた。一人で買い物に来ていた帰りらしい。エコバッグのなかの量の多さから察するに、親に頼まれたのかもしれない。

「奇遇だね」

手を上げて挨拶《あいさつ》を返す。牧は隠れるように、そそくさと私の背中に移動する。トイレ、と後ろでつぶやいて、そのまま行ってしまった。

「二人で買い物来てたの？」

「うん、そんなとこ。ちょっと牧の家に泊まりに」

「幼馴染《おさななじみ》とは聞いてたけど、本当に仲良しなんだね」

「どうだろ。ついこの前まで絶交してた認識だったけど」

「それじゃ、仲直りしたってこと？」

「んー、なんか、確認してない」

「なにそれじれったい。初恋中の乙女か」

桜ちゃんに笑われる。言われれば近いかもしれない。手だけは何度かつないでいるけど、付き合っているか確認してない、そんな関係の男女。そして桜ちゃんは笑うだけで、絶交している理由までは踏み込んでこない。その距離感に助かっている。

「でも、一歌がうらやましいな。祭原さんとそこまで仲良いなんて。あたしももっと近づきたい。なんか秘訣《ひけつ》でもあるの？」

「秘訣って言われても……」

「みんな知りたがると思うけどね。祭原さんと仲良くなりたがってるひと、男女問わずクラスにいっぱいいる印象」

「そうなの？　この前教室で、あんなに暴れたのに？」

「確かに引いちゃった子もいたけど、熱が理由だったんでしょ？　逆にミステリアスさに拍車がかかって、人気上がってるんだよ」

　本人に聞かせたらどんな顔をするだろう。

　少なくとも、いまよりは学校に行きやすくなるのではないか。良いニュースとともに今日はカレーが食べられそうだ。

「秘訣はよく知らないけど、まあ、手綱を握ってるのは確かかもね」

　ふふん、と気持ち良く鼻を鳴らす。

「よかったら紹介してあげようか？」

「あ、うん。それは嬉《うれ》しいんだけど……」

「なに？」

「祭原さん、もう外にいる」

　桜ちゃんが指さす窓の外を見ると、唖然とした。牧が自転車に乗って颯爽《さっそう》と去っていくところだった。

　手綱を引きちぎられた無様な人間だけが取り残されて、思わず叫んだ。

「あんにゃろう！」

包丁を握る牧の横に立って三〇分が過ぎた。食材を切る係を牧、煮込んで仕上げる係を私が分担したが、失敗したと思った。

「だー！　もう違うって！　なんでじゃがいもが輪切りになる⁉」

「ごちゃごちゃうるさいなぁ！　口に入ればいいでしょ！」

とうとう集中を切らした牧がエプロンを脱いで押し付けてくる。

仕方なく交代して、作業を続ける。牧があらを探そうと横からじろじろ眺めてくるが、あきらめたように顔をそらすまで、それほど時間はかからなかった。

「……そうだった。あんた無駄に昔から器用なんだった」

「食材切るのに器用さはあまり関係ないけどね。まあ、手芸とかＤＩＹとか好きだし」

飼ってもないのに猫グッズとか大量につくるし。ちなみに今日もいくつかリュックに詰めて持ってきた。白猫と交代したとき、一緒に遊ぶためのものだ。いま見つかったら間違いなくカレーの具材と一緒に煮込まれるので、もちろん隠しておく。

切った具材を焼いて煮込む。いい具合になったら、あらかじめ分量を測っておいたハチミツと醤油を加える。横で牧が私への小言をさらにトッピングしてくる。

「キャラに絶対合ってない。なんかいちいち繊細でイライラする。上手くやるのは見た目的にわたしのほうなのに」

「いやいや、昔から物とか壊しまくってたじゃん牧は。おおざっぱというか、行動が雑なんだよ。貸した筆記用具とか雑貨とかいくつ壊されたか」

「そんなに壊してないし。ていうかなに、もしかしてぜんぶ覚えてるの？」

「繊細なものでして」

　カレーを煮込みながら、じゃあAれは覚えているか、これはどうだ、と自然と過去の話になる。今日みたいな日がきたときにたっぷり恨みをこめて投げつけられるよう、ちゃんと埋めておいた過去がたくさんあった。向こうも同じくらい実弾があって、たまに都合よく耳が遠くなることもあったが、無事にカレーとサラダが完成した。

　一口運ぶと、とたんに牧がつぶやいた。

「美味しい」

「じゃがいもが輪切りじゃないからね」

　食卓の下で脛《すね》を蹴《け》られる。痛がる私を無視して牧は食べ進めていく。あれから結局、ほとんど私が料理した。

　最初はカレーの味について感想を交わしたが、すぐに会話が途切れる気配を察した。このまま気まずくなるのが嫌だったのでテレビをつけた。勝手につけても牧は怒らなかった。リモコンをいじり、ほどよく賑やかな番組で適当にとめて放置する。

番組に集中しているフリをして、視線を逃がしながらカレーを口に運んでいく。外国人の折り紙アーティストが、きれいな鶴の折り方をスタジオで教えている最中だった。ひな壇にいたタレントやお笑い芸人が何人か挑戦して鶴を折っていく。お笑い芸人がきれいな麒麟《きりん》を折っていて、「なんでそんなの折れるんだよ！」とツッコミを受けていた。

「ごちそうさま」

先に皿を空けたのは私のほうだった。牧はスプーンですくって口に運ぶ動きは豪快ではあるものの、その一口が明らかに小さいので、まだ半分も残っている。

食器を運ぼうと席を立つと、牧が言ってきた。

「先にお風呂《ふろ》入ってきていいよ。沸かしてある」

「え、あ、ほんと？　ありがとう。じゃあ入る」

「寝間着持ってきた？」

「一応ジャージを」

こくり、とうなずいて牧はまた食事に戻る。

皿を洗い終えて、持ってきたリュックから着替えを出し、そのまま無言でお風呂場に向かった。牧はテレビを観ている（フリをしている？）ままだ。

脱衣所のドアを閉めて、そこで思わず大きく息をつく。どっと疲れが押し寄せてきた。

普通に会話してるつもりだったけど、無意識に肩に力が入っていたらしい。最近は割と顔を合わせる機会が増えているけど、思えば絶交してから、今日が一番長く一緒にいるかもしれない。

乙女か、と誰かの笑う声が聞こえる。夕方に聞いた桜ちゃんのものだった。

だいたい仲直りって何なんだ。どうやってするんだ。誰かと喧嘩《けんか》すらまともにしたことがない。そこまで深く知りあって、そしてどこまでも遠く離れた相手は、いまのところ一人しかいない。

ぜんぶ書面にしてくれたらいいのに、と思う。仲直り契約書、はさすがに子供っぽ過ぎる名前なので、和平合意書とか、そんなのでいい。そこに二人で署名すればもう完了で、その瞬間から関係がもどってくれたら楽なのに。そういうシステムが早く普及してくれたりはしないだろうか。などと考え続けて、これじゃあ牧みたいだなぁ、と少し笑う。いや、牧ですらここまでうじうじ考えることはないかもしれない。キャラって難しい。ひとが持っているのが一面だけだったなら、きっとこれほど苦労はしていない。

シャワーを浴びてひとしきり体を洗う。ボディソープはうちと一緒だったが、シャンプーとリンスは違った。

入った風呂が適温すぎて、なぜか無意味に悔しくなった。凝り固まったからだと意識が、徐々に弛緩《しかん》していく。

曇りガラスの戸の奥に人影がうっすら見えて、だらしなくぷかぷか浮かせていた体を急いで起こす。

「バスタオル、ここ置いとくから」牧の声が聞こえてきた。

「ありがとう」

シンプルにお礼を言うのが恥ずかしかったので、冗談を挟むことにした。

「どう、一緒に入る？」

牧の罵倒《ばとう》を期待して待つ。

ところが数秒待っても、沈黙したままだった。

あれ、と首をひねるとようやく答えが返ってきた。

「……そうしよかな。昔みたいに」

「え！　ちょ！　あれっ？」

「いつ猫に意識奪われるかわからないし、見張ってもらうためにも」

「いやいや！　あえ、うそ、本気っ？　待って待ってちょっと待って準備したい」

脱衣所のほうで衣ずれの音がする。もしかしてもう脱いでいるのか。いやスペースほとんどないし。いやいけるのか？　片方が体洗ってもう片方が湯船に入っていれば大丈夫か？

「嘘だよばーか。入るわけないでしょ」

衣ずれの音が止む。

なにうろたえてんの、とあきれたような溜息《ためいき》を残して、牧はあっさり去って行った。足音が完全に遠ざかったあと、湯船に頭まで沈めて、己が犯してしまったリアクションを悔恨した。むう、今日は私のほうが、おちょくられてばかりな気がする。

お風呂からあがり、寝巻き用のジャージに着替えてリビングに戻る。ソファに寝転んでいた牧が起きて、入れかわりに脱衣所に向かっていった。

あ、と食卓に置かれたものに気づいて、思わず手を伸ばす。

きれいに折られた鶴がそこにあった。


牧が寝るというので、テレビを消して隣の寝室へ向かった。引き戸を開けると、ベッドに勉強用の机と椅子、棚にクローゼットとシンプルなつくりの部屋が現れる。床には布団が敷かれている。高さが違うとはいえ、ベッドとの距離がかなり近い。

なかなか寝室に入ろうとしない私に、牧が首をひねる。

「私、ソファで寝ても良かったな。あそこも寝心地良さそうだし」

「それじゃあ猫に意識奪われたとき、すぐに止めに入れないじゃん」

「それはまあ、そうだけど……」

「なに、布団嫌なの？」

「いやそうじゃないけど」

もういいや、と溜息をついて布団に移動する。そういえば牧は、久々に部屋に来たときも躊躇《ちゅうちょ》なく私のベッドに居座っていた。こういうところがおおざっぱというか、雑というか。私だけが変に意識して、馬鹿みたいだ。

牧はベッドでストレッチを始める。前に猫に意識を奪われて、あのあと筋肉痛になったらしい。今回はそれに備えて体をほぐしているのだろう。

「いまのところはどう？」

「予兆はない。けど、意識を奪われるときはそもそも、もぞもぞが来ない」

「そうだっけ」

以前として、いつ来るかわからない状況。いまこの瞬間に代わるかもしれないし、明日《あした》になっても意識の強奪は起こらないかもしれない。

ちょっと待って、とそこで疑問がわく。

「もしかして牧が寝てる間、私って見張って起きてなきゃいけないの？」

「安心して。わたしだって鬼じゃない。一時間くらいは許してあげる。そのためにわざわざ布団も用意したんだから」

「拷問か！」

「わたしが起きたときにあんたが寝てたら、布団ごと外に放り出すからね」

笑顔で一方的に言い放ち、牧は自分だけベッドに入り込んで眠る準備をてきぱきと進めていく。抗議する暇もなく、そのまま容赦なく部屋の明かりが消された。一気に一人きりになった気分だった。

リビングに戻ってテレビでも観ていようかと思ったが、そばにいないということでそれも怒られそうな気がした。仕方なく布団に入り、知らない部屋の知らない天井を眺める。

牧の家には何度か泊まりに行ったことはあるが、一人暮らしの牧のマンションに泊まるのは今日が初めてだ。というよりよく考えてみれば、部屋に入ったのも今日が初めてだった。カレーを無事につくり終えるのに集中していて気づかなかった。

「ねえ牧」

「……何」

「枕の高さが合わない」

「お前寝る気だろ！」

飛び起きて怒られた。一時間寝るだけだ、と言い訳をして、しぶしぶ枕の高さを調整するためのシーツをもらった。三回折りたたんで枕に重ねると、ちょうど良い高さになった。これで快適に近づいた。

「ねえ牧」

「今度は何」

「足の間にはさむ抱き枕もほしい」

「やっぱりがっつり寝ようとしてるだろ！」

これは許可が下りなかった。一時間どころか一〇時間は寝てやろうと思ったが、叶《かな》わなかった。

もういいから寝かせろ、と牧が寝がえりを打って背中を向ける。とうとう会話がなくなり、完全な沈黙が落ちる。

窓のほうを見ると、カーテンの奥で、ぼんやりと月が浮かんでいるのが見える。完全にカーテンを閉め切らないのは、寝るときの牧の好みだ。部屋を完全に暗くしたくないと、泊まるたびにいつも言っていた。

「ねえ牧」

返事はない。

わかっていて、だから訊く。

「前に泊まったときのこと覚えてる？」

返事は期待していなかった。

また月の観察にでも戻ろうかと思ったそのとき。

声が返ってきて、少し驚いた。

「わたしの家に泊まった。わたしの両親と四人で洋食のレストラン行って、夕食食べた日。そのあとスーパー銭湯行った」

「……覚えてたんだ」

「絶交する二か月前だったしね」

「うん、そうだね」

クラスが一緒になり、再会して、初めてその話題に触れたかもしれない。けどきっと、いつも心のなかではその単語が躍り続けていた。絶交。一言も話さないと言われたし、話しかけるなとも言われた。

「私が約束やぶって、牧が怒って絶交になった。待ち合わせ場所だった宮毛町中央公園の高台に、仮病して行かなかったから」

「……少し違う」

「え？」

よく聞こえるように、牧のほうに顔を向ける。彼女はまだ背を向けたままだった。数秒待って、また答えがあった。

「高台にこなかったから、絶交したわけじゃない。いろいろムカつくことが、積み重なったからそうなっただけ」

「積み重なったって、何が？」

「うるさい。もういいよこの話」

「ねえ待って。どういうこと？　他に理由があるの？」

もう少し聞かせて。そう先を続けようとしたとき、牧がとつぜん体を起こす。思わず私も布団から起き上がる。

次の瞬間、牧はベッドからそのまま私に飛びついてきた。両腕をつかみ、縫いつけるみたいに布団に押し倒してくる。私がしつこく訊《き》くので牧が怒ってそうした、というわけではなかった。

手首を握ってくるこの力強さに覚えがあり、予感にかられて目を合わせると、やはりそこにいた。

「ニャア」

白猫の、マキのほう。

猫は例外なくすべて愛せる自信があるし、こんなことで嫌いになりはしないけど、この瞬間ばかりは、ちょっとタイミングが悪かった。牧からあと少しで聞けそうだった話は、結局これでうやむやになりそうだ。

「ニィイ」

「あはは、くすぐったいよぉ」

首筋を舐《な》められて、こらえきれずに笑う。あとでまた、頬を染めて叫ぶ牧を見ることになりそうだった。

とりあえず、これで仮説は立証された。

4

牧にかかった猫の呪いに一定の法則のようなものは見つかったものの、いまだにその解き方はわからないし、そもそも本当に元に戻れるかの確証もない。行き詰まった私たちは、牧が白猫を助けたときに、気づけば移動していたという宮体《みやたい》神社を訪れることにした。事の発端、最初に立ち戻れば、何か見つかるかもしれない。

宮毛山の山頂に位置する宮体神社は、この地域では一番高いところから町を見下ろすことができる。標高自体は一〇〇メートルもなく、お年寄りの運動にも最適な山だが、いかんせん城跡なので、山頂までの道が入り組んでいる。ぐるりと山を囲うように、遠まわりをして徐々に登っていくのが一般的なルートだ。元気な小学生たちが斜面をのぼってショートカットしているところを、夏祭りや初詣《はつもうで》でよく見かける。

五月も半ばを過ぎて、気温も最近は高くなってきている。階段をのぼり切って山頂につくころには、少し汗ばんでいた。数歩遅れてやってくる牧は、私よりも息を切らしているのに、なぜか私よりも汗をかいていない。そしてどんなに暑くなっても、やはりパーカーを手放そうとはしない。今日はノースリーブタイプを着ている。

階段をのぼりきってすぐ、鳥居越しに振り返れば町がきれいに一望できる、とはならないのが宮体神社の惜しいところだ。あいにく木々が生い茂っていて、景色は開けていない。町を見渡したいときは、鳥居から社務所側に少し移動する必要がある。そなえつけられたベンチが目印で、そこからは木々に邪魔されることなく一望できる。山頂といってもそれほど広い場所ではなく、日向《ひなた》よりもむしろ木陰が多い。

「白猫を助けて、そのあと牧はどこにいたの？」

こっち、と牧が案内するほうについていく。神社のちょうど真裏に移動し、転落防止の柵《さく》の近くに生えている木の根元を指さした。周囲に生えている木々と比べてもこれといった特徴のない木だった。もっと幹が太いとか、神秘的な雰囲気を出してくれる木の根元とかだったら調べ甲斐《がい》がありそうだったが、いまのところは尺取り虫が一匹、一生懸命のぼっているのを見つけただけだった。

牧はこのあとまっすぐ山を下り、そしてふもとのお堀の水面で、自分の頭に猫耳が生えているのを知る。

「なにも見つからないね」

「見つけるべきものがわからないんだから、見つかるわけない」

それもそうだ。

牧が続ける。

「で、このあとどうするの？」

「とりあえずお祈りしとこうか」

「文字通り神頼みか」

「することないし、暇だし」

「あんたは時々ナチュラルに失礼なときがある」

こんな会話を聞いていたら、確かに神様もそっぽを向いてしまうかもしれない。宮体神社にはそもそもあまりこない。登るのが面倒くさいという以上に、このあたりにはなぜか猫が寄り付かないからだ。たぶん、お堀に囲われているからだと思っている。水が苦手な猫は多い。宮毛町で唯一、猫のいない場所といってもいいかもしれない。

本殿に向かって立ち、賽銭箱の前で小銭を投げる。鐘を鳴らす係を牧にゆずって、二礼二拍手一礼。

私が一礼して終わると、横の牧はまだ手を合わせている最中だった。熱心だなぁ、と心のなかで笑おうとして、とたんに頬がひきつった。

彼女の手の甲から、白い毛が生え始めていた。猫化はさらに進み、あっという間に手の表面を覆う。

「ま、牧っ」

声をかけられて不機嫌そうに牧が目を開ける。そして自分の手に起こっている変化に、ようやく気づく。もぞもぞは今回、機能しなかったのか。

ぎゃ、ぎゃ、ぎゃ、と牧がうめく間も進行し続ける。最後の大きな変化は手のひらに起きた。ぷくっとした桃色の膨らみが浮かび上がってくる。肉球だった。両手の平が肉球におおわれると、ようやく猫化が収まった。

「あんたが失礼な態度取るからこうなったんだ！」

「ぐ、偶然だって」

「神様がお怒りになったんだ！」

「牧だってここに祀《まつ》られてる神様のこと知らないくせにっ」

「ヤマモトタケルの尊とかそんなのだよ！」

「誰だよヤマモトタケル！　そのへんにいそう！」

「あんたこそ知らないでしょうがっ」

「ヒミコとかそんなのでしょ！」

「馬鹿すぎて吐きそう！」

このやり取りを見られたら、私たちどころかこの町さえ見離して神様がいなくなりそうだった。

殴りかかる牧を押さえて、ちゃっかり肉球に触ってみたが、やっぱり本物の猫のそれだった。手の甲も完全にではないが、全体の三割くらいが白猫の毛でおおわれている。指先も変わっているかと思ったが、牧自身の指のままだった。そして今回は何より、猫化が起こる瞬間を初めて目にした。ああ、動画を撮っておけばよかった。

「祀られているのは、波雁壇王稲荷《はがんだんおういなり》という名前の神様です」

完全にふいをつかれて、私と牧は同時に振りかえる。

そこに一人の女性が立っていた。

白い着物に、紫色の袴《はかま》。竹箒《たけぼうき》を抱えたまま、こちらに微笑んでくる。何より目を引くのは、雪空のような色の髪。砂利の敷かれた地面に、あと少しでつきそうなほど長い。

「波雁壇王稲荷というのはこの土地に繁栄をもたらした神様で、その眷属《けんぞく》は猫でした」

女性の声は不思議と、一音いちおんがはっきりと耳に届いてくる。どこまでもすき透っていて、聞くたびに体が穏やかに冷やされていくような、そんな声。

女性が頭を下げる。

「申し遅れました。宮体神社の神主を務めている、生水《きみず》です。お越しいただきありがとうございます」

同じようにお辞儀を返す。牧は振り返ったとき、パーカーのポケットにとっさに手を隠していた。その手は出せないので、少し失礼な所作になってしまう。

神主の生水さん。頻繁にではないものの、この神社には一応、初詣《はつもうで》や夏祭りで毎年来ている。それでもいままでこんな奇麗なひとを見かけたことはなかった。会っていれば、その圧倒的な髪の長さと色ですぐに覚えるはずだ。いつからここの神主をしているのか。もしかしたら、つい最近やってきたのかもしれない。

「ところでそれ」

と、生水さんが牧のほうを指さす。ぴくり、と一瞬だけ牧が跳ねる。身構えたのは当然で、その指はまっすぐ、牧のパーカーのポケットをさしていた。

生水さんはこちらの緊張をほぐすように穏やかな笑みを浮かべながら、少しも動じることなく、言ってきた。

「とても素敵な肉球ですね」


社務所内の和室に通され、二人で待っていると、生水さんがおぼんに茶器を乗せてやってきた。テーブルの上に丁寧に配置されていく。本格的な抹茶をいただけるかなと思っていたら、最後にペットボトルのお茶が二本、脇から出てきた。

「どうぞ。暑いから熱中症に気をつけてくださいね」

「あ、どうも……」

「ちなみにこの茶器は昨日買って届きました。お茶はまったく立てられません」

がくっ、と牧と同時に姿勢を崩した。

「期待した？　ねえ期待しました？」

「いや、まあ、はい」

私たちの反応を見て、くすくすと上品に笑う。仕草と性格がいまいち合わない。なんだこのお茶目なひとは。

出会ってまだ数分。神主の生水さんについていまわかっているのは、どことなくつかみどころのないひとであることと、そして何より――

「で、その肉球ですけど」

猫の呪いに、まったく動じないこと。

これと同じかそれ以上の不可思議な現象を、何度も見てきているかのような余裕があること。

なかでお茶でも、と誘われて、この部屋にやってきた一番の理由でもある。

「祭原さんと奈爪さんのさっきのやり取りを見た限り、猫さんの一部がそうしてあらわれるのは、初めてではなさそうですね」

「四回目です」牧が素直に答えた。

「そのあとすぐ、意識を取られたりすることはありませんか？」

「はい、あります」

やはり知っている。

牧の身に起こっていることを、完全に理解している。

横に座る牧の姿勢が、自然と前のめりになる。隠すこともすでにやめて、白猫の毛と肉球が生えた両手を堂々とテーブルに出している。

「この呪いのこと、知ってるんですか？」

「私は呪いではなく『祝福』と呼んでいます」

「祝福？」

どこかで聞いたことがあるような響きだった。どこでだろう。昔、牧と話したとき、同じような単語が話題に出た気がする。

生水さんは並べた茶器を丁寧にしまいはじめる。見せるだけ見せて、もう満足したのだろう。

「この町に長くいれば、誰もがこの手の話を一度は耳にします」

都市伝説。

この町に住む猫は時々、人を呪うことがある。

生水さんもやはり、宮毛町に長く住んでいるひとなのか。

「職業柄、私はその手の話について、ひとよりも多く見聞きしてきました。いくつか相談に乗ったことも」

懐かしむように生水さんがほほ笑む。

「でも、これが祝福なんですか？」牧が訊《き》いた。

「祭原さんのなかで、きっかけになるような出来事は思い当たりませんか？」

「ひとつあります」

聞かせてほしいというので、牧は一から話し始めた。お茶のペットボトルの表面についた水滴が、テーブルに落ちていく。することもないので口をつけると思っていた以上に喉《のど》が渇いていたことに気づいた。

話し終えると、穏やかな口調のまま生水さんは答える。

「確かに祭原さんにとっては苦労続きの日々かもしれません。ですが話を聞く限り、その白猫さんも故意に祭原さんと遭遇したわけではなさそうですし、何よりその現象が起きなければ、トラックに轢《ひ》かれて亡くなっていたかもしれませんよ」

「それは、そうですけど……」

牧は自分の手もとを見つめる。その指先で、手のひらにあらわれた肉球をそっと撫《な》でる。

私はまだ触らせてもらっていない。

「祭原さんは、黒猫の話はご存知ですか？」

「黒猫。不吉な象徴とか、そういう話ですか」

「違うよ、むしろ幸福の象徴なんだよ黒猫は」

牧の言葉に思わず口を挟む。聞いたことない話だ、と私をいぶかしむように見つめ返してくる。

「奈爪さんのおっしゃる通り、黒猫は福をもたらす象徴とされています。よく黒猫が横切ると不幸が訪れるという話がありますね。あれは横切られることで不幸が訪れるのではなく、幸福の象徴から目を合わされずに横切られるから、幸福が逃げることによって不幸が訪れるといわれています」

「はあ……」

「利も害も、物事はとらえかたしだいです。それなら、前向きに『祝福』と受け取ってみてはいかがでしょう?」

ゆっくりと言葉を飲み込むように、間をおいて、いつになく真剣に牧は答える。

「……つまり、もう元には戻れないってことですか? 解決する方法はない?」

「いえ、ありますよ」

がくっ、と本日二度目の肩透かし。さっきまで、不治の病を受け入れろといわんばかりの口調だったのに。このひとはいちいち翻弄《ほんろう》してくる。

生水さんは猫の祝福について補足を始めた。

「不可思議な現象が起こる仕組みは単純で、この土地に眠る『ある力』が作用しているためです。その『力』を求めて、全国から猫が集まります。細かな説明は省きますが、その『力』は猫と特に相性がよく、猫を引き寄せやすい傾向にあります」

「宮毛町に猫が多いのは、それが理由ですか？」

私が訊くと、生水さんはうなずく。

「『力』は猫という器のなかに、アトランダムに入り込みます。力を持った猫はたびたび、常識では考えられない不可思議な現象を引き起こします。その子自身が力をコントロールできることもあれば、無自覚に暴走させてしまっていることもあります。そのあたりは千差万別で、そもそも自身に力が宿っていること自体に気づいていない子もいます。気づかないまま力が次の猫さんに移るというケースがほとんどのようですが、まれに人を巻き込むこともあります」

「それが今回の現象」一枚がつぶやく。

「猫との一体化に限らず、幅広い種類の現象が起こりますが、このように元の仕組みはすでにわかっているので、ある程度の対策もできるようになってきました」

生水さんはそうやって結論を告げる。

「症状が進んでいると手遅れになりますが、祭原さんの場合はまだ大丈夫だと思いますよ。

だから安心してください」

　解決策の手がかりが少しでも見つかればと思って、特に大きな期待もせずに訪れた宮体神社。来てみれば思わぬ収穫と、予想以上の進展があった。何事も行動に移してみるものだ。生水さんの言葉を借りるなら、これも何かの祝福かもしれない。

「ひとつ訊いてもいいですか？」私が手を上げる。

「どうぞ、ひとつと言わずいくつでも。普段は特定の人としかあまりお話をしないので、退屈してます。いっぱいお話しましょう」

　温和で上品な割によく笑うし、よくしゃべるし、よくからかう。話すたびに印象が変わる不思議なひとだ。

「生水さんは牧の身に起こってる現象について、どうしてそこまで詳しいんですか？　こういうケースはほかにも何度もあったんですか？」

「めったにありませんが、経験がないわけではありません。むしろ猫さんたちが起こす現象のなかでは、私が一番よく知っているパターンです」

「めったにないけど、よく知ってるって、矛盾してませんか……？」

「確かに。言葉で伝えるよりも、お見せしたほうが早いかもしれませんね」

　くすくす、と笑い、それから正座をくずして立ち上がる。

生水さんは袴《はかま》の紐《ひも》をゆるめ、白衣のすそを出し始める。みるみるうちに胸元が露出し始めて、思わず目をそらす。私とは反対に牧は凝視したままだった。何かに圧倒されているような顔だった。

完全に脱いだ白衣を片手で胸元に手繰り寄せ、それから背中を向けてくる。

「これがよく知っている理由です」

生水さんはもう片方の手で髪を持ち上げた。床につきそうなほど長い灰色の髪が幕のように上がり、とたんに隠れていたそれが、あらわになる。

生水さんの背中は、びっしりと灰色の猫の毛におおわれていた。

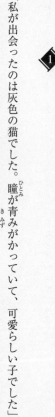

第三章

猫を追うより皿を引け

1

「私が出会ったのは灰色の猫でした。瞳《ひとみ》が青みがかっていて、可愛らしい子でした」

猫の毛におおわれた背中を見せながら、生水《きみず》さんが淡々と語る。肩のあたりは生水さん自身のひとの肌で、艶《つや》やかに天井の光を反射している。

袴で隠れた腰で何か動く気配があって、ああ、と思い出したように生水さんが手で探るようなしぐさを見せると、そこからさらに尻尾《しっぽ》があらわれた。牧《まき》が驚いてテーブルの上のペットボトルを倒す。牧にとりついた白猫の尻尾よりも長く、細く、しなやかな印象を受けた。

これが理由。神主である立場から不可思議な現象に精通している以上に、牧の猫化のことを、より深く知っている理由。生水さん自身も、同じ祝福を受けているから。

「もうずっと昔で、私がこの職につく以前のことです。お堀に落ちかけていた猫を助けようとしたとき、一緒に池に落ちました。そこから同化が始まりました」

「似てる。牧のときと……」

「いずれも危機的な状況に瀕《ひん》したことが現象のきっかけとなっていますね。となるとやはり今回の祝福は、無意識的に起きた事故のようなものなのかもしれません」

「それ、戻らないんですか？」牧が訊いた。

「当時の神主の方に対処してもらいました。これ以上、同化が進行することはありませんが、この背中と尻尾は私の体に永久に残り続けます」

永久に、とつぶやいて、牧の唾《つば》を呑《の》む音が聞こえた。

私も続くように大きな唾を呑む。

だめだ。もう耐えられない。

「生水さん」

「なんでしょう」

「触ってもいいですか」

「だめです」

「即答！　なぜ！」

「奈爪《なつめ》さんの目つきと手つきに、ただならぬ嫌らしさを感じます」

穏やかに笑ったまま、背中を隠すようにして向き直ってくる。そんな風におしとやかに隠されると余計にもっと見たくなる。触りたくなる。少しでいいから数秒でいいから。

「純粋な好奇心ですよ！」

「不純な嫌らしさですね」

生水さんの側に立つように、うんうん、と牧が横で強くうなずく。くそう、邪魔だ。どうして牧がこんなところにいるんだ。早く帰って宿題でもしてればいいのに。牧の体にあらわれる白猫とは微妙に違う毛並み。触れる機会なんてこの先ないかもしれない。いったいどんな触り心地なのだろうか。

「見せるだけなんて生殺しもいいところですよ！　いっそのこと初めから見たくなかった。こんな思いをするならあなたに出会いたくなかった……。これほどひどい意地悪をされる理由がわかりません！」

「奈爪さんが思っていたよりもだいぶヤバイひとなのはわかりました」

笑顔を張り付けたまままさりげなく一歩下がり、生水さんはそそくさと白衣を着なおしていく。その背中と尻尾にまたお目にかかれるのはいつの日になるのだろうか。これからは足しげく通って、信頼度を徐々に上げていかなければならない。次からは菓子折も持ってこよう。

私の人生において生きる目的が一つ増えたところで、本題に戻る。生水さんは牧に手を貸してくれようとしている。

「私の場合はすでに同化が進んでしまっていたので、この体を完全に戻すことはできませんでした。ですがいまの祭原《さいはら》さんならまだ遅くはありません」

「完全に消せるということですか？」

牧が訊《き》くと、生水さんがうなずく。

「病と同じで対処は早い方がいいです」

「どうやって消すんですか。まさか処方薬でも、あるんですか？」

生水さんは上品に両手でペットボトルのお茶を持って、飲み始める。みるみるうちにペットボトルの中身が減っていき、ついには空になった。脳が追い付けない速さだった。

一息ついた生水さんが立ち上がる。

「ご案内します。ついてきてください」

通されたのは本殿のなかだった。明かりは外から入ってくる陽光だけで少し薄暗い。畳が敷かれていて、私の部屋の二倍以上はあり、少し緊張感のある広さだった。振り返ると、さっきまで立っていた賽銭箱《さいせん》が見下ろせる。

押入れから生水さんが座布団を出してきて、広げた場所に正座するよう指示される。

正座した位置から真っ正面に、小さな鳥居と祠がたてられていた。明かりが奥まで入り切っていないので、詳細なつくりはよく見えない。むしろ見えてはいけないのかもしれない。その全貌《ぜんぼう》までは決してさらさないようにしているような、厳粛な意志を感じる。

「祭原さんの言ったとおり、祝福による同化を止めるための処方薬があります。それをいまから取り出します」

言い置いて、生水さんが私たちの数歩前で正座をする。一度頭を下げたあと、立ち上がり、それから半歩前に移動。片手を上げて右に移動したかと思えば、流れるように左に向かう。何かの舞のようだった。古風な音楽がすぐにでも聞こえてきそうな、上品な踊り。処方薬と呼ばれるものを取り出すために必要な、儀式なのかもしれない。

踊りは五分ほど続いた。

やがて気配もなく、急にぴたりとそれが止んだ。

生水さんはそこから足を速めて躊躇《ちゅうちょ》なく祠に向かっていく。金属がきしむような音がして扉が開くと、黒い布につつまれた小さな何かを両手に持って、生水さんがもどってきた。

向かい合うように生水さんが正座する。

「お待たせしました。無事に取り出せました」

足を崩していいというので、ありがたくそうさせてもらった。空気の緩む気配があったので、ついでに訊いてみることにした。

「さっきのあの踊りには、どんな意味があったんですか？　すごくきれいでしたけど。何か重要な所作の一つだったんですか」

「あれは特に意味はありません」

「意味はありません⁉」

「ただの私の趣味です」

「じゃあいまの時間はなんだったんだ！」

「せっかくだったので最近始めた日本舞踊を見ていただきました。いかがでしたか？　私、ちゃんとできてました？　けっこう緊張してしまったのですけれど」

「よく堂々と感想訊けるなこのひと！」

つまりあれか、このひとはいまの五分間、趣味で始めた日本舞踊をずっと人に見せていたわけか。神様に近いこの神聖そうな祠で、自分の趣味を披露していたわけか。気持ち良くオンステージだったわけか。私のことをヤバイひとだと言っていたけど、このひとだけは言う資格はないと思う。

趣味を披露して満足した生水さんは、祠から持ってきた小物に視線を戻し、包まれた黒い布をほどいていく。

あらわれたのは、一本の瓶だった。なかに黒い粒がいくつも入っている。牧が受け取って瓶を振ると、じゃら、となかの粒が跳ねる小気味の良い音がする。いろんな角度から眺めながら、牧が尋ねる。

「これが処方薬ですか？　本当に薬みたいですね。というか胃腸薬みたい」

「そうです、胃腸薬です」

「帰ろう一歌《いちか》。やっと気づいたけどこれ無駄足だった」

「わー待って待って」

呆《あき》れて立ちあがった私たちを、のんびりとした口調で引きとめてくる。それほど急いでない表情なのも少し癪《しゃく》に障る。立派な神主というより、ただの近所のいたずら好きなお姉さんにしかもう見えない。

「ただの胃腸薬ではありません。一錠ごとに、私の同化を抑えるときに利用させてもらった土地の力と、同じものが閉じ込められています。力を入れる器は経口しやすくて馴染《なじ》みのあるものであれば良いのです」

「それがどうして胃腸薬？」

「力を移す儀式の際、緊張してて、たまたま持ってたのが胃腸薬でした」

牧と目を見合わせる。ひとまず正座しなおす程度には、聞いていても良い話だと思った。次ふざけたらもう帰ろう。

生水さんも空気を読んだのか、それともふざけられるタイミングがもうないのか、真面目なトーンに切り替えて説明してくる。

「一日に三錠、七時間から八時間置きに飲んでください。それ以上でも以下でもだめです。少なければ進行は抑えられないし、多すぎても体に無用な負荷がかかります。時間の間隔をあけ過ぎても効果がなくなります」

「……進行が止まったと思ったら？」牧が訊く。

「私のところに一度来てください。経過を見てみましょう」

生水さんは続ける。

「その薬は体内に毒を撒《ま》いているのと同じです。人間への害は少ない毒で、猫には効果的です。定期的に体に毒を入れておく必要があります。七から八時間置きに、一日に三錠。

これを必ず守ってください」

毒。

その表現はあまりにわかりやすく、そして私に素朴な疑問を抱かせる。

同じタイミングで牧も、こう尋ねた。

「その毒を服用して体のなかにいる猫に対処するということですよね」

「そうです」

「じゃあ、飲み続けたら白猫はどうなるんですか？」

祠のなかに沈黙が落ちる。その一瞬だけ、誰かがここの会話を聞いているような錯覚を覚えた。

「ひとつの体に生き続けられるのはひとつの魂のみです」

生水さんは淡々と答える。あえてそうしているのがわかった。そして一切の曲解を許さないわかりやすい言葉で、こう告げてきた。

「祭原さんのなかにいる白猫は死にます」

宮体神社《みやたい》を後にした私たちは、どこを目指すこともなく歩き続けた。前を歩く牧がまっすぐ自宅に向かっていないことはすぐにわかったし、私もそれを止めなかった。

　気づけば町の端まで来ていた。国道沿いを歩いていると、横に広い公園があらわれる。私たちのよく知る公園だった。『宮毛町《みやけちょう》中央公園』と書かれた看板の横を通って、なかに入っていく。休日でも駐車場がすべて埋まることはなく、人の気配もそれほどない。いくつかあるエリアのうち、子供たちがよく遊ぶピクニックスペースから唯一、はしゃぎ声が聞こえてくるだけだった。

　犬を散歩しているひとやランニング中のひととすれ違いながら、園内の通りを進む。このまま奥に行けば、中学生までよく利用していたあの高台につく。高台の頂上は円形になっていて、その中心に大きな噴水が設置されている。いまも変わっていなければその周りには整備された花壇があるはずだ。

　林の先から噴水の音が聞こえ出して、心臓が一瞬だけ跳ねた。牧がそこで足を止めて、近くのベンチに腰かける。それ以上は高台のほうに近づかないつもりのようだった。ほっとした自分に、少し嫌悪する。

「水」

「はい？」

「喉《のど》渇いた。水。あそこに自販機ある」

「えぇぇ……自分で買ってこいよぉ」

うめきながら、逆らえない理由が少なくとも三つは思い浮かんだので、しぶしぶ立ち上がる。

公衆トイレ横に設置された自販機に向かい、水を買って戻ってくると、牧があの小瓶を取り出していた。お腹でも痛いんですか、とは茶化せない。

水を差し出しても、牧はすぐに瓶を開けなかった。横に座って一分ほど経ってから、牧がようやく口を開いた。

「わたしはあんたほど猫を溺愛《できあい》してるわけじゃない」

「うん」

「猫のことは嫌いじゃないけど、自分の命と天秤《てんびん》にかけられたら、間違いなく自分のほうを選ぶ」

「……私も結局、そうすると思う」

「可哀そうだとは思うけど、悪いとは思わない。必要なことだから。別に冷酷だって思われたっていい。これで嫌われたってどうでもいい」

「思わないよ」

そして嫌ったりもしない。

そう答える前に牧は瓶を開けて、素早く一錠をだして飲みこんだ。

通りを挟んだ先にある芝生のスペースで、親子がバドミントンをし始める。それを眺めながら、私は牧が水を飲む音を黙って聞いていた。

2

宮体神社で神様パワー入りの胃腸薬をもらった翌日、生水さんからメッセージが一通送られてきた。

《飲み始めは、白猫さんが表に出てきたときに抵抗して暴れる可能性がありますので、何か対策をしておいたほうがいいと思います。》

とのことだった。新しく覚えた日本舞踊の振り付け自撮り動画も送られてきたが、そちらは無視した。

昨日の神社では、牧の手のひらに肉球があらわれた。次にやってくるのは意識の強奪だ。早急に対策を考えなければいけない。私にできるのは、そのための道具をつくることだろう。

思いついたアイデアを実行に移すために、日曜日をフルに使って材料を集めた。猫に関連したものを集めるのであれば、この商店街以外にふさわしい場所はない。

手芸用品店とペット用品店をおもに回っていると、商店街のあちこちに同じポスターが貼ってあるのを見つけた。何かのイベントのようで、近づくと文字が飛び込んでくる。

『なりきり猫ウィーク　オリジナルの猫に仮装して商店街をめぐろう！』

毎年ゴールデンウィークに合わせて行われる、恒例のイベントだった。ゴールデンウィーク期間中の約一週間、商店街で猫の仮装をして歩いても良いというイベント。仮装をすると値引きをしてくれる店もある。観光スポットでもあるこの町が、特に人の出入りで賑《にぎ》やかになる時期の一つだ。

「牧が歩いたら仮装いらずだなぁ」

笑いながら、チラシを一枚持っていくことにする。帰宅して部屋につくころにはチラシはどこかに消えていたが、いまはそれよりも大事なことがあった。暴れる（予定の）白猫ちゃん対策だ。どんな生き物にも苦手なものはある。そして猫のことなら、私はある程度熟知している。

猫を癒したり楽しませたりするグッズは色々つくってきたけど、その逆のことをする道具をつくるのは初めてだった。抵抗があるかと思ったけど、意外なほど手が進んだ。たぶん、こうやって猫について考えながら手を動かすこと自体が、好きなのだろう。もちろん使わないで済むことに越したことはない。

　道具作りに熱中して、結局夜中の三時まで手を動かし続けた。ひとつのことに取りかかると止められない性格だ。母からの遺伝だと思う。その母は父とゴールデンウィーク期間中に行く旅行の計画を立てるのに熱中していた。私は期間中に学校が二日間挟まってしまうので、行けない。

　翌朝は七時半に電話で起こされた。生水さんかと思って出ると、牧だった。

「早く来て！　急いでっ」

「え、何があったの？」

「説明が難しいから来て！」

　あまりにもせっぱつまった声だったので、急いで準備して家を出た。つくりおえたばかりの対策グッズもカバンに入れる。いったい何があったのか。

　自転車を飛ばして牧のマンションにつく。エントランスで部屋番号と合鍵《あいかぎ》を回し、なかにはいる。何かあったときのために、とこの前から合鍵を預かっていた。お気に入りの猫のストラップでもつけようと思っていたのに、まさかこんな早々に使う日がくるとは思っていなかったので、見た目はさびしいままである。

　部屋がある五階につき、ドアの前のインターホンを押す。いくら待っても牧は出てこない。鍵《かぎ》がかかっていたので勝手に開けて、なかにはいる。

「牧？」

「こっち！　早く！」

声が聞こえたのはリビング奥の寝室からだった。電話で耳にする以上に、ただならぬ気配を感じる。土足のままあがり、廊下を駆ける。

リビング奥のふすまを勢いよく開けて、飛び込む。

「牧っ　いったい何が――」

広がる光景を見て、絶句する。

両手を手錠で縛られてベッドに寝ている牧が、そこにいた。

汗をかき、顔を真っ赤にしている。シーツが乱れていて、すでに長く暴れたのだとわかる形跡があった。

ベッドから少し離れた床に、鍵の入った透明なプラスチックのケースが落ちている。見覚えのないものだったが、手錠を解除するためのものだと直感で理解した。縛られたのではなく、自分で縛ったのだ。

「…………あー、えっと、新しいプレイ？」

「違うわバカっ」

牧が吠《ほ》える。

「寝てる間に白猫になって暴れないように、自分で縛っておいたの。そしたら案の定、入れ替わってたみたいで、起きたら鍵が飛んでた。届かないからそこにある鍵を取って」

「いくら見られると余計に興奮できるからって、徹夜明けの私をわざわざ呼び出さないでほしかったな」

「聞けよ話を！」

事情は理解した。白猫が暴れるかもしれないことを、生水さんは当然、本人である牧にも伝えていたのだろう。牧なりに対策をほどこしていたということだ。猫は鍵を開けられない。私の知る限り、せいぜい鍵のかかっていない窓を開けられるくらいだ。手錠で自分を縛るというのは、確かに割と有効だと思う。鍵が自分の届かない場所まで吹き飛ぶこと以外は問題がない。

「早くこれ解いて」

「あ、ちょっと待って動かないで」

「おいなにスマホだしてるっ」

「動かないでってば。ブレるから。生水さんに報告するために撮るんだよ。ほら、気にかけてくれてるし」

「遊んでるだけだろ！　あとで眺めて笑うためだろ！」

違うアングルからそれぞれ一枚ずつ撮っていった。完璧《かんぺき》だった。今度私の部屋に牧が来たとき、現像して壁に貼っておこう。

がちゃがちゃがちゃ、と激しくベッドのフレームと鎖をぶつけて、牧が抗議してくる。うるさかったので、たまらずケースを拾って鍵を出す。

「そんな慌てなくていいじゃん」

「慌ててるんだよ、いろいろと！」

「なんで？」

尋ねるが、急に答えなくなる。目を合わせようとすると素早くそらされた。絶対に何か隠していた。

シーツのこすれる音がして、視線を下にずらすと、足をもぞもぞと動かしている。唇を噛《か》んで何かに耐えている様子だった。それでようやく理解した。

「あ、トイレだ。だからこんな朝早く連絡してきたのか」

「わかったなら早く解いて」

「乙女の危機だもんね。というか人間としての危機だもんね。高校生にもなってベッドでおねしょなんてしたら終わるもんね、色々と。それなら仕方ない。あれ、鍵穴《かぎあな》に上手く刺さらないなぁ」

「あんたわざとやってるだろ！」

「いやいやそんなことないよ。手先は割と器用なほうだけど徹夜明けだからちょっと視界がぼやけててさ。鍵の回し方もなんか忘れちゃって。あと鍵は一本ずつしかないんだし、万が一に折れでもしたら大変だからね。ここは慎重に回さないと。あれ、回らないなぁ。左右の手と逆かなこれ」

「な、何が望みだ……」

くねくねと下半身を動かしながら、必死の形相で訴えてくる。よし、やっと引き出せた言葉だ。

「これまで猫になった部分を触ったセクハラ、全部許してくれる？　あと針千本飲むとかいう、割りと本気で実行されようとしてるペナルティも帳消しにしてくれる？」

「ここぞとばかりにぃ……」

「ああ急に眠くなってきた。リビングのソファで仮眠取らせてもらおうかな」

「する！　許す！　だから行くな！　いますぐ外してっ」

リビングに向かっていた足を方向転換させて、ベッドに戻る。

それからとつぜん鍵の回し方を思い出し、左右どちらの手錠の鍵穴に鍵を挿すかも急にわかり、そして折れない強度で適切に鍵を回した。手錠が解除されると同時に、私を押しのけて牧が寝室を飛び出していく。トイレのドアが勢いよく閉まる音がして、それからしばしの静寂が訪れる。どうやら無事に間に合ったらしい。

ちょっといたずらし過ぎたかもしれない。急に怖くなってきた。回復して戻ってきた牧に殺される前に部屋を出ておこうか。鍵がどこかに飛んで行かないよう、結びつけたブレスレットみたいなものでもつくってあげれば、許してくれるだろうか。

ベッドに寝ころびながら呑気《のんき》に考えているうち、本当に睡魔が襲ってきた。眺めている天井に徐々にモヤがかかっていく。意識が途切れるのと覚醒《かくせい》するのを繰り返し、その間隔が徐々に狭まっていく。

あともう一度、目をつぶれば完全に眠れるかというそのとき、手首に冷たいものがあたった。

「うえ？」

我に返って右手首を見ると、手錠でつながれていた。抵抗するよりも先に牧が私の空いた左手を素早くおさえつけて、二つめの手錠をかけてきた。血の気が引く。うわまずい。

「あー、祭原さん？　あはは、私ちょっとこれから用事があって帰らないと……」

「そんなこと言わずゆっくりしていきなよ。そうだね、たっぷり一二時間くらい」

笑顔が怖い。

「あんた昔からくすぐり弱かったよね。いまもそうなのか試していい？」

「待ってごめんなさい調子に乗りましたもうしません写真も消しますだからお願いしますいますぐこの手錠をいいひいいいいやあああああああ！」

結局、声が枯れるまで叫ばされた。

今年のゴールデンウィークは連休の間に二日間、平日の登校日が挟まる。町も商店街も、町の外もテレビのなかかも、大型連休の空気一色で、授業風景に覇気がない。生徒だけではなく先生も同じなのか、普段は注意されるような居眠りも指摘してこなかった。

昼休みをはさんで牧がとつぜんパーカーのフードをかぶって授業を受け出したことにも、先生は何も指摘してこない。その点は唯一の幸運であったというべきだろう。パーカーのなかに猫耳が生えていると知っているのは、この教室では私だけだ。

放課後の委員会の仕事は、小早川《こばやかわ》先生の機嫌が良くて免除された。明日《あした》から休暇を取って彼氏と旅行らしい。でへへ、と笑い声をこぼしながら、コーヒーに角砂糖を投入し続ける歪《いびつ》な光景を眺めたあと、私と牧はそのまま昇降口に向かった。校門を抜けて誰もいない通りにさしかかると、牧はパーカーのフードを外した。前が見えにくいという。

用事も必要性もなく、一緒に下校するのは何気にクラスが一緒になって初めてのことだけど、牧は頭に生えた猫耳に恨み言を言うのに忙しく、気づいていないようだった。

「あの薬、本当に効いてるのかな。実感ないんだけど。延々とお腹の調子が良いだけなんだけど」

「一日に三錠。七から八時間置き」

「ちゃんと飲んでるよ」

「時間かかるのかもね。本当に少しも効果ないの？」

「……さっきトイレの鏡で見たとき、耳の出方が前よりおさまってたような気はする。数センチくらい」

見せて、とつま先を上げてのぞこうとするが、パーカーをかぶって隠してしまう。向こうから自転車に乗ったひとが走ってくるところだった。通り過ぎたあとも牧はフードを外そうとしない。

はあ、と空に向かって牧が溜息《ためいき》をつく。白猫にとりつかれてから、もう一か月が経とうとしている。さすがに少し疲れているようにみえた。現象は猫の性格を具現化したみたいに、気まぐれにあらわれる。

生水さんはこれを祝福と呼んでいた。どこかで聞いた響きだなと思っていたけど、ようやく思い出した。私と牧も中学生のころ、似たような会話をしていたのだ。

小学生からずっと同じクラスで、呪いみたいだとからかう牧に、祝福のほうがいいと私が言った。いや、逆だったかもしれない。とにかくどちらかが言った。呼び方だけで簡単に印象が変わるなら、この世の汚い言葉や下品な言葉は、ぜんぶ「猫」と呼んだらいいと思う。

轢《ひ》かれかけた白猫を助けようと、あのとき牧はいち早く飛び出した。私が先に気づいていれば、牧はとりつかれずに済んだかもしれない。抱くには遅すぎる罪悪感が、いまさらになってよぎる。疲れた牧を励ませればと思うけど、中途半端な言葉では逆に怒らせるだけだし、そもそも私にその資格はない気がしてくる。

結局、私は猫しか見ていない。猫は好きになっても傷つかないと知っているからかもしれない。ひとと関わるときほど、大きく内側をえぐられることがないからかもしれない。

「あ、猫」

「えどこ？」

反射で我に返り、牧が声を向けた先を見る。通りの角から男子が数人出てくるところだった。そのうちの一人が、猫の着ぐるみパジャマを着ていた。両脇をはさむ男子二人が、着ぐるみパジャマを着ている男子にスマートフォンを向け続けている。

どうしてあんな格好を、と考えて、男子たちが歩いてきた方向に商店街があることにすぐに気づいた。

ひらめくと同時に、牧のほうを向く。

「商店街！」

「はぁ？」

「いま『なりきり猫ウィーク』っていうのやってるんだよ。みんな猫の仮装してるの。牧もフード外して歩けるよ。ちょっと歩いてみようよ」

「なにそれ、普通に嫌だ」

「大丈夫。絶対にバレないって」

めんどくさい、と逃げようとする牧の手を引く。勝手につかんだけど、いまのところはまだ怒られていない。

「ちょっと息抜きしようよ。たまには現象を利用するのもいいじゃん。これが成功したら、ゴールデンウィーク期間中は人目を忍ばなくても生きていけるよ」

「なにそれ、適当」

「なんか奢《おご》るからさ。いまは屋台も出てるよ」

牧が黙る。

数秒待って、答えが返ってくる。

「……一時間だけなら」

「よし決まり」

そのまま手を引いて、角を曲がる。猫の仮装をすると割引きしてくれる店もあるとチラシにはあった。牧の姿を見れば間違いなく仮装と勘違いしてくれるだろう。

帰路から徐々に遠ざかり、商店街に近づいていくうち、甘いソースの香りがただよってくる。アーケードの出入口付近からすでに屋台が出ていた。屋台のそばで、客がこぼした食べ物を器用にくわえて取っていく猫たちの姿も見える。

賑《にぎ》やかな商店街から出てくる客の半分は、お面をかぶったり、コスプレをしたり、さっきと同じような着ぐるみのパジャマを着ていたり、何かしらの猫の仮装をしていた。きょろきょろとうかがいつつ、それでも牧はなかなかフードを外そうとしない。恥ずかしがってうつむき始めてしまう。

「ほら、牧と同じ猫耳つけてるひともいるよ」

「やっぱ帰る」

引いていた手をほどかれて、逆方向に歩きだす。例のごとく猫並に気まぐれだ。こうなったら強引な方法を取るしかない。

追いかけて、そのままフードに手を伸ばして飛ぶ。

「とりゃ」

「ちょおいっ」

外したフードをすぐにかぶりなおそうとしたとき、近くを歩いていた父親と小さな女の子が、牧の姿に気づいた。女の子がすぐに牧を指さして、「可愛い！　あれ欲しい」と父親に訴える。牧の気を変えるには十分な出来事だった。

フードを外したまま、牧が商店街に向かっていく。そのあとを追いかける。顔が少し赤いまま、それでも不機嫌そうな口調は崩さず言ってくる。

「早くなんか奢れ。ていうか一歌も仮装しろ」

「いや、高校生の女子が猫の仮装ってなんか安易だし媚《こ》びてる気がして」

「一瞬で梯子《はしご》外しやがった！」

首を絞められかけたので、走って逃げる。そうやってあっという間に商店街の奥まで進む。すれ違う住人や観光客たちが視線を向けるが、誰も何も言ってこない。驚いたり、奇妙なものを見る目つきを向けられたりもしない。やっぱり成功だった。

視線を向ければ必ず猫が目に入る。

ひとも本物も、もれなく同じ格好だ。

何かの熱に浮かされたみたいに、誰かの笑い声が響く。にゃあ、と猫を真似する人の声が聞こえる。この町にしかない光景で、好きだった。

商店街の中心部にある十字路では、ちょっとしたイベントが行われていた。猫の仮装コンテストだとわかり、エントリーの受付中だったので、冗談のつもりで出てみるかと牧に訊くと、なんと参加すると答えてきた。ちょっと信じられず聞き返すと、私も出ることが条件だった。

息抜きを提案したのは私なので、仕方なく安易に媚びることにした。近くの雑貨店で牧が選んだ猫耳と尻尾《しっぽ》と鼻ヒゲをつけさせられた。

エントリーの受付を済ませて、参加者と一緒にステージに立つ。町がゲストとして呼んだ愛猫家と、猫好きの知らない芸能人が審査員として立っていて、そのひとたちのコメントで観覧しているお客さんたちを沸かせていた。私の仮装は「五分前に急造させられた猫」といじられて、会場で一番笑われた。というか牧が一番笑っていた。

牧の番になって、そちらはおおむね高評価だったが、「もう少し本物に寄せても良かったかもしれない」と審査員の一人である愛猫家の男性が言った。コンテストが終わったあと、舞台裏で私たちはそれで死ぬほど笑った。

入賞は逃したが、参加賞として、新商品のサンプルであるキャットフードの缶詰と、健康になれる紙パックの野菜ジュース、それを入れるトートバッグの三つをもらった。

ベンチに腰かけて、二人でストローをさして野菜ジュースを飲む。気づけば陽が落ちようとしていた。住人も観光客も帰りだし、少しずつ減り始めている。

「ねえ。私やっぱり、猫が好きだな」気づけばつぶやいていた。

「急になんなの」

「これだけのひとが笑って、喜ぶんだよ。そういうものって、なかなかないし。この町も、この町の猫も、好きになってよかった」

牧はじっと私の顔を見てくる。馬鹿にするような言葉がくるかなと思って待ってみたが、何も言ってこなかった。

野菜ジュースと猫が、少しだけ健康的な一日をくれた日だった。

牧の状態が悪化し始めたのは、それからすぐのことだった。

3

通りを歩いていると、民家の塀をつたって三毛猫が近づいてくる。私がこっそりご飯をあげている子で、左右の耳の色が違うミミちゃん。カバンのなかに、商店街のコンテストの参加賞でもらったキャットフード缶が入っていたので、それを開けて差し出す。ひとしきり食べ終えたミミちゃんがこちらを向いて、口を開く。

「一歌」

「え？」

「一歌、わたしだよ、牧だよ。あんたのせいでこうなった。あんたが何もしてくれないせいで、わたしは猫から戻れなくなったんだよ。もう一生このままだよ」

夢から飛び起きる。

ぐっしょりと汗をかいていた。

ベッドから見下ろすと、敷かれた布団がきれいに畳まれていて、昨日から泊まっている牧がそこにいない。時計を見ると、朝の九時になろうとしていた。下で朝食でも取っているのかもしれない。

案の定、牧はリビングの食卓にいた。バタートーストに納豆ごはんという、どちらの生産者も望まないであろう組み合わせで食事をしていた。エネルギーの補給を最優先にしているような食べ方というか、一人暮らしが進むとこういう自由さが手に入るのだろうか。

「勝手に食べてるよ」

「私の分は？　その納豆ご飯トースト以外で」

「シリアルのなかに卵焼きを混ぜる料理ならつくれる。意外に美味《おい》しい」

「ごめんやっぱ自分で用意する」

食事にもセンスって存在するのだな、と思い知る。

そんな牧の無防備な頭には、白猫の耳がいまだに生えている。加えて腰のあたりでは尻尾が揺らめいていて、室内の微細な空気の流れを感じ取ろうとするみたいに、ゆらゆら動き続けている。服をめくって尻尾を出しておいたほうが、なんとなく楽なのだという。

いつもなら消えるはずの猫耳が残り続け、加えて尻尾が生えてきた。牧は血相を変えることなく、意外にも冷静にそれを報告してきた。これまでと明らかに違うパターン。仮定していた法則から逸脱した、初めての現象だ。

何が起こるかわからなかったので、昨日はそのまま牧が泊まっていった。両親は今日帰ってくる予定だ。

「生水さんのところに相談に行ってみる？」

「帰りがけに寄ってくよ」

「ついてくけど」

「いい、一人で行く。あんたセクハラしか考えてないだろうし」

「そんなことないって」

　耳と尻尾が同時に生えているいまの牧に興味がないかといえば嘘になる。触り心地は違うのかとか、一度に両方を触ったらどんな反応をするのかとか、試したいことは尽きないけど、いつもよりは自制できていた。法則から逸脱しているということは、改善されているか悪化しているかのどちらかだろう。状況を見る限りは後者な気がする。

「やっぱり、ついてくよ」

「いいってば。あんたいてもしょうがないし」

　牧が席を立つ。

「どこ行くの？」

「トイレ。と、あと薬飲む。なに、今日なんかうっとうしいよ」

「セクハラしてないじゃん」

「違う。別の種類のうっとうしさがある」

あんな夢を見たから、とは言えない。

結局、朝食を終えたあと牧は帰っていった。パーカーのフードをかぶって下はロングスカートという、バタートーストと納豆ごはんくらい歪《いびつ》な組み合わせの格好だった。ヒゲが生えたらそこにマスクが加わるし、肉球なら手袋を用意しないといけない。そうなるとさすがに、学校どころか住宅街でも人目を引く。

両親は昼過ぎに帰ってきた。旅行先はどうせ行けないから詳しく聞いていなかったが、なんと台湾《たいわん》に行っていた。お土産を広げながら、現地で覚えたばかりの中国語を無数に披露してきてうっとうしかった。なるほど、牧が言っていたのはこういう種類のうっとうしさかもしれないな、と理解する。

「台湾のどこ行ってきたの？」

「ホウトンって場所だよ。猫がたくさんいるんだ。母さんがどうしても行きたいっていうから、そこは猫村って呼ばれてってぶえっっしょ！」

話しながら父が、独特のくしゃみをする。ティッシュを探しているうちに、「ふぁいさい！」と、たちまち二回目のくしゃみ。私のくしゃみが変なのはこのひとの遺伝だろう。

それはいまは置いておいて、父のくしゃみの原因は一つだった。

「あれ、おかしいな。アレルギーか……？」

「ほ、ホウトンとかいう所でいっぱい猫に会ったからでしょ」

「いやあそこでは猫アレルギーは出なかったんだけどふぇっす！」

独特のくしゃみに母が笑う。それから本気ではない口調で訊《き》いてくる。

「お母さんたちが留守の間に猫でも招き入れたんじゃないでしょうね？」

「そんなことしないって」

猫は入れていない。

けど、さっきまでそこには牧が座っていた。フローリングの床をよく見ると、短い白毛が数本落ちている。耳か、尻尾から抜け落ちたのだろう。父のアレルギーが出ている原因に間違いなかった。

お土産のお菓子を床に落とすフリをして、ついでに毛を回収する。今回は家にいて正解だったかもしれない。両親のどちらかが先に毛を見つけていたら、説明が面倒くさいことになっていた。

「旅行の話、もっと聞かせてよ」

二人がしゃべるのを眺めながら、私は牧の痕跡《こんせき》を探していく。

牧から耳と尻尾が消えたと報告があったのは、ゴールデンウィークの最終日だった。明日《あした》は普通に登校する予定だという。迎えにいこうかと提案したが、断られた。

牧は始業ぎりぎりになって教室に入ってきた。口元をマスクでおおっていて、まさかと思って眺めていると、一度だけ目が合い、指でつまんで伸ばすようなジェスチャーを送ってきた。ヒゲが生えたという意味だ。

いつもの順番なら、次こそは白猫のマキによる意識の強奪が起こるはずだ。それなのに、また体の変化が続く。

昼休みになると、とつぜん牧がカバンを持って教室を出た。追いかけて、階段の踊り場で呼びとめる。

「帰るの？」

「さっき、むずむずが起きた。まだ別の部分に変化が出るかも」

「生水さんは何て言ってたの？」

「あのひとのところには行ってない」

え、と声が出る。

「どうして。なんで行ってないの」

「本当に信用できるのか怪しい。現象が悪化してるの、薬を飲み始めてからだし」

「薬が効いてないってこと？」

「もしくは逆に、進行を早める薬かも」

「……どうしてそんなことを」

「わたしもわかんないけど、神主が全員親切な人だとは限らない」

薬を飲み始めてから症状が悪化しているという牧の主張は、タイミング的にも間違っていないように思える。だけど薬を飲んでいる結果、体のなかの白猫が抵抗を見せていると解釈もできる。

「神主だっていうけど、そもそもそれさえ本当かどうか怪しいし。よくわかんない踊りの動画送ってくるし。この前なんかフラダンスだった。しかもちょっと上手いし」

「確かにうさんくさいけど、悪いひとじゃないような気はする」

「そういうキャラ付けも含めてわたしたちを油断させようとしてるんだとしたら？」

堂々めぐりだ。結論がでない。

けどやるべきことは変わらない。猫の祝福をなんとか抑えないといけない。もしこのまま悪化すれば――

「もう一回一緒に会いに行ってみよう。私も確かめる」

「なら、いまから」

「わかった。準備するから昇降口で待ってて」

牧が階段を降り始める。少しでも遅かったら自分だけ先に行ってしまいそうな速さだった。急いで方向転換して教室に戻る。

カバンを持って出ようとしたところで、一歌、と呼びとめられた。振り返ると桜《さくら》ちゃんだった。

「なに、帰るの」

「うん。悪いんだけど、体調不良って伝えておいてもらえる？」

「別にいいけど。急用？」

そんなところ、と濁す。自分でも下手だなと思う。それでも桜ちゃんは指摘しないでくれた。

そういえば、と思いだして、教室のドアまで見送りにきてくれた桜ちゃんのほうを振り返り、試しに訊いてみることにした。

「桜ちゃんのお父さんって商店街の会長だよね。じゃあ、町のことってけっこう詳しいよね。宮体神社のことも知ってたりする？」

「神社？　たぶん知ってると思うけど。なんで」

「神主さんのこと、なんか知らないかなって。この前会ったんだけど、ちょっと不思議なひとだったから」

「たぶんお父さんのほうが詳しいけど……」

思い出しながら、桜ちゃんが続ける。

「あそこの神主さんっていま、確か七〇代くらいのおじいちゃんがやってるよね」


宮体神社への曲がりくねった山道を登り切り、鳥居が見えてくる。歩くのが速い、と息を切らした牧が追い付いてくるのを待った。

鳥居をくぐってすぐ、木陰で生水さんが竹ぼうきを持ってゴルフのスイングをしているのを見つけた。すぐ近くの手水舎《ちょうずや》のへりにスマートフォンを乗せながら、動画をチェックしていて、まだこちらには気づいていない。抹茶点てと日本舞踊の次はゴルフにハマる予定らしい。どれだけ多趣味なのか。

近づく間にもう一度、生水さんが豪快なスイングをする。体にかかった遠心力に引っ張られるように、長い灰色の髪が優雅に揺れた。そして手から豪快に竹ぼうきがすっぽ抜けていった。

竹ぼうきがちょうど近くに落ちてきて、振り返った生水さんが私たちに気づく。

「あらいらっしゃい。お元気でしたか？　あれから経過はどうですか？」

「竹ぼうきをフルスイングするほどの元気はないです」牧が拾って差し出す。

「腰の回転がね、重要らしいんですよ。手で打っちゃいけないんです。握り方もなんだか難しくて、奥が深い」

　首をひねりながら、生水さんは竹ぼうきを握りなおす。そしていま思い出したように、手水舎のへりに置きっぱなしにしていたスマートフォンをそそくさと回収しに行った。恥や罪悪感という概念は、どうやらぎりぎりあるみたいだ。

「袴《はかま》じゃ振りにくいんじゃないですか？」

「ふふ、さすがにウェアには着替えられませんよ。仕事中ですし」

　仕事中の神主は竹ぼうきをフルスイングしないと思う。

　そもそもこのひとが、本物の神主であるかどうかをまず確かめないといけない。なんとなく、話しているうちにどんどん煙に巻かれたり、はぐらかされたりしそうな気がしたので、直球で尋ねることにした。

「ところでここの神主さんって、七〇代くらいの男性だった気がするんですけど」

　生水さんは動揺する様子も見せず、淡々と答えてきた。

「そうです。二人でこの神社を切り盛りしています。わたしが猫の祝福を受けたときに面倒を見てくれたのも、その神主さんです。私は勝手に師匠と呼んでいます」

「そのお師匠さんはいまどこに？」

「数か月前から持病で入院しています。私はあまり表には出ないようにしているのですが、最近は仕方なく、こうして出ていることが多いですね」

「そうだったんですね」

思いついたでまかせを言っているのか、それとも本当のことなのか。入院先まで詳しく訊いたら、さすがに警戒されるだろうか。

竹ぼうきを本来の使い方に戻しながら、今度は生水さんが訊いてくる。

「薬を飲んでみて調子はどうですか？」

「あまり良くありません」

牧がシンプルに答える。それ以上の言葉は添えられない。

「そうですか。思ったよりも祝福による同化が進行しているのかもしれませんね」

「いまさらなんですけど、同化が進むとどうなるんでしょうか」

私が訊いても生水さんはすぐに答えず、竹ぼうきを見つめたまま動かし続けていた。数秒遅れて、我に返ったようにこちらを向いてくる。

「同化は、基本的には内側にいる猫さんが表に出ようとする行為のことです。しだいにその頻度が多くなったり、表に出てくる時間が長くなったりしていきます。最後には意識の完全な乗っ取りと、体への明確な変化が訪れます。ひととは呼べず、そして猫でもない何かになります」

「……わたしは死ぬってことですか」牧が訊く。

「死をどう定義するかによります。意識は残り続けるかもしれません。が、一度完全に乗っ取られてしまうと、奪い返すのはとても困難です。私自身はそこまでの進行を経験していないので、なんとも言えませんが」

生水さんの握る竹ぼうきの動きは驚くほどスムーズで、洗練されている。手の先の延長にあるみたいに、ひとつになっていた。

さらに踏み込んで質問してみる。

「薬を飲み出してから、牧の現象が悪化してるように見えるんですけど」

「……薬が現象を逆に進行させてしまっていると？」

「違いますか？」

竹ぼうきを振る手を止めて、生水さんが考える。疑心の雲をはらって眺めれば、真剣に考えてその可能性を検討してくれているようには見える。

「可能性がまったくないとは言い切れませんが、あまり考えられないと思います。この神社に猫が一匹も寄り付いていないのには気づいてましたか？　簡単に言うと、それと同じ類の力をお渡しした胃腸薬に付与しています」

確かにこの神社で猫を見たことは一度もない。でもそれは、お堀があるから近づかないのだと私は思っていた。

「考えられるとすれば、やはり白猫さんが抵抗していることで現象が悪化しているように見えるのかもしれません」

「あの薬が効かなかったら、もう手はないんですか」質問を重ねる。

「別の方法を取ることもできますが、アプローチの仕方が異なるので、効果があるかの保証はできません。リスクのほうが大きいです。いまできる最善は、あの胃腸薬を飲むことです」

「リスクっていうのは？」

「私が師匠にとても怒られます」

冗談で返すだけで、具体的な説明はなかった。私たちを気遣ってそうしてくれたのか、もしくはすべて、でたらめで理由を用意していないのか。とにかく薬を飲み続けてください、と生水さんは念押しをしてくるだけだった。

もう少し質問していたかったが、用事は済んだとばかりに、牧がきびすを返して歩きだしてしまう。何かあれば連絡を、と生水さんが山道を降りる私たちを見送ってくれた。道を曲がって完全に見えなくなったあと、二人同時に息を吐く。

「牧はどう思った？」

「わかんない。一歌は？」

「……わかんない」

生水さんが本当に信頼できる人なのか、疑惑が完全に晴れたとは、言い難かった。


その日の体育の授業で、牧は再びクラスメイトの視線を一身に浴びることになった。教室で起きた騒動の日から一か月ほどかけてゆっくりと、その存在感を平均的な生徒に戻していった努力と成果は、たった一秒の行動で水の泡になった。

授業は体育館で行われて、クラスメイトたちは各々器械体操の種目にはげんでいた。鉄棒に平均台、跳び箱やマットが体育館全体にセッティングされている。月末にはテストが行われるので、苦手な種目を練習するひともいれば、得意な種目だけ伸ばすひと、器用にそつなく何でもこなす運動部のひとに、怒られない程度にサボるひともいた。

牧はというと、真面目に愚直にすべての種目でいまいちな結果を残しながら練習していた。見かけたときはちょうど鉄棒に飛び移るところで、近くにいたほかの女子たちが心配そうに牧を眺めていた。前回りなのか逆上がりなのかよくわからない動きを見せたあと、手を離してマットに落ちていった。運動神経というより、単純に筋肉量が足りないひとの体の動かし方をしている。

相変わらずクラスメイトといる間は一切の会話をしないが、通り過ぎる間際に一度だけ、不機嫌そうな顔でこっそり踵《かかと》を蹴《け》られた。私がそつなくこなす側の生徒であるのが気に食わないのだろう。

大人しく距離を置き、私は桜ちゃんと種目別の競争をしていた。いまのところ平均台は負けていて、跳び箱とマットと鉄棒は勝っていた。

「真面目になんか運動系の部活入らないの？　もったいない」桜ちゃんが言った。

「うーん、もう二年の五月だし。あと放課後は猫を追いかけるのに忙しいし」

「そういえば最近、あんまり写真見せてこないね。近所の猫とか」

言われてみればそうだ。登下校のときは毎日のように、住宅街の隅々まで猫を探していた。最近の私のフォルダのなかにおさまる写真は、どれもひとつの被写体のものばかりだった。

「たくさん溜《た》まってるから、今度見せるね」

「あ、けっこうです」

　ごまかしながら、跳び箱のほうまで移動する。

　見ると牧が先に列に並んでいた。床に座って休憩する生徒たちの間を抜けているうち、牧の出番になる。

　ぴ、と体育教師の笛が鳴って、牧が駆けだす。せっかくの助走を活かし切れず、むしろ進むたびに力が逃げていくような走り方だった。牧の名誉のために後半は見ないであげることにした。

　背中のほうから踏切り板を叩《たた》く音がして、その瞬間、並んでいた列の生徒たちが一斉に悲鳴と歓声をあげた。

　横の桜ちゃんもぴたりと動きを止めて、釘《くぎ》づけになる。

　遅れて振り返ると、空中をかける牧がいた。

　設置された跳び箱を軽々と飛び越え、その遥《はる》か先の空中。勢いが止まることなく、牧は壁際の二階部分にある、キャットウォークの手すりをつかむ。そこでさらに声があがる。ひとから外れたその運動力に、体育教師が咥《くわ》えていた笛を落とす。

　牧が手すりを離して着地するよりも先に、私は反射で駆け出していた。音もたてずに床に飛び降りて、そのまま四《よ》つん這《ば》いになろうとしたのを、腕をつかんでとめる。体育館の出入口まではあまりにも距離があった。すぐ近くにあった体育倉庫が目につき、とっさに目指す。

「あーこの踏切り板壊れてるなぁ！　バネがおかしくなってるよ！　だからあんなジャンプができたんだほとんど事故だよこれ大丈夫祭原さん⁉　怖かったよねちょっとそこで落ちつこう！」

視線を浴び続けたまま、体育倉庫のなかに入り、そのまま扉をしめた。外からはまだざわめきが聞こえる。あの言い訳で通じただろうか。いまいちな気がする。というか全然大丈夫じゃない。あとでもっとまともな説明をしないといけない。

「アーウ」

猫のマキが寄りかかってきて、そのままマットが畳まれたほうに倒れこむ。牧の意識が戻ってくるまでは体育倉庫からは出られないだろう。

いまのところ、生徒や教師が近づいてくる気配はない。体育教師の笛の音がして、踏切り板をたたく音が続く。授業も再開されたらしい。

マキは近くのマットで爪とぎをし始める。がさ、がさ、がさ、とその速度と音が速まっていく。爪とぎが終わると、家に帰ってくるみたいな安心した顔で、また私のもとへ戻ってくる。

「マキ、重いよ」

「ニャア」

甘えるように頬をすりつけてくる。撫《な》でるといつものように、大人しくなる。ときおり、何かを警戒するみたいに周囲を見回して、また私のほうに視線を戻し、撫でろと引掻《ひっか》いてくる。その手のひらには、なんと肉球があらわれていた。意識の入れ替わりと、体の一部分の同化。一度に両方起きている。祝福が進行している証だろう。

授業が終わるまではあと二〇分ほど。それまでに牧は戻ってくるだろうか。できればこのまま大人しく――

「イチ、カ」

その瞬間、すべての思考が飛ぶ。

私の名前。

「………え？」

声のしたほうを向く。

そこには確かに、マキがいる。

猫の鳴き声ではなく、意志を持って呼んだ声。

「いま、喋《しゃべ》った？」

マキは黙ったままこちらを見つめてくる。戻ったのか。牧にすでに戻っているのか。いや違う。瞳《ひとみ》の動かし方や見つめ方が、ひとのそれじゃない。まだそこに白猫がいる。それなのにいま、私を呼んだ？

「きみ、しゃべれるの……？」

聞き間違いか。体育館のほうから何か漏れ聞こえた音を、勘違いしたのか。

マキが頬をすりつけてくる。続けて喋ろうとはしてくれない。ひとである牧のなかに長くいたから、言葉を覚えたのだろうか？　そんな話、生水さんからは聞いてない。飼い主の愛があまりあまって、自分の猫が喋るようになったとか、そういう類の話でもない。

「一歌……？」

また私の名前を呼んだ。

けれど今度は雰囲気が違った。

その瞳に、確かにひとの意識が宿っていた。

「え、あ、牧？　戻った？」

「なにこれ。なんでこんなところにあんたといるの？」

衝撃が続く。

これまでとは違う、明らかな変化。

「もしかして、覚えてないの？」

「いや、跳び箱飛ぼうとしてて、それから……」

どうなったんだっけ、と牧の声がしぼみ、うつむいていく。牧に記憶がない。白猫に意識を奪われている間の出来事は、これまでちゃんと共有できていたのに、それができていない。

青ざめた顔を向けて、牧が言ってくる。

「ねえ、わたし何をしたの？」

4

体育の授業があった日から、牧は学校に来なくなった。何度か連絡したが返信はなく、そのまま土曜日になった。

昼ごろに牧のマンションに訪れて、エントランスのインターホンを押すと、寝起きとわかる牧の声が返ってきた。

「どちらさま？」

「あ、私。一歌」

「……鍵《かぎ》持ってるでしょ」

マイクが切れて、エントランスのドアが開く。勝手に入るのを許す程度には、そこまで深く落ち込んではいないらしい。

玄関のドアには鍵がかかっていたので、持っている合鍵《あいかぎ》で開けた。廊下を抜けてリビングに入るが、姿はない。

ふすまの奥の寝室から布のこすれるような音がして、まだ寝てるのかなと思って開けると、パジャマから着替えている途中だった。

「あ、ごめん」

「ごめんと思うなら閉めて」

「前から思ってたけど中学からそんなに成長してないよね。もしかしてサイズも変わってない？」

「閉める気ないなお前！」

ぴしゃ、とふすまを閉じて拒絶される。からかいにはちゃんとツッコミで反応してくれる。思ったよりもちゃんと元気そうだった。

一〇秒もしないうちにふすまが開いて、黄色のパーカーと短パンに着替え終えた牧に睨《にら》まれる。

「どいて」

「どこ行くの？」

「トイレ」

「……コーヒーでも淹れる？」

「牛乳入れてカフェオレにして」

「了解」

リビングを出ていく牧を見送りながら、台所に向かう。棚にあるインスタントコーヒーのボトルを取って、マグカップを探す。私が泊まるたびに使ってるほうは見つかったが、牧がいつも使っている、猫のシルエットが入っているカップが見つからない。

ふすまを開けて寝室を覗《のぞ》くと、机のうえに置いてあった。昨日飲んだらしい紅茶か何かがまだ残っている。

「もー、洗えよなー」

カップを取って寝室を出ようとすると、ポケットのなかでスマートフォンが振動した。着信だとわかり、確認すると桜ちゃんからだった。牧はまだ戻ってこない。廊下の先にある洗面台のほうから、歯磨きの音が聞こえる。

時間がありそうなので出ることにした。

「もしもし」

「あ、一歌。とつぜんごめん」

「どしたの？」

「いまお父さんと話しててさ、この前聞いてた神主のこと」

ああ、と思いだす。

まだ覚えていて、お父さんにわざわざ訊いてくれていたらしい。

「詳しく訊いてみたけどまだ興味ある？」

「うん、ありがとう。聞きたい」

椅子を引いて座る。机のふちを無意味に撫でながら、話を聞く。

「あそこ、いま神主が二人いるんだよ」

「え？」

「もともとおじいさんがやってたんだけど、知りあいの女性が新しく入って、二人体制で務めてるんだって。めずらしいよね。でも最近、おじいさんのほうが入院しちゃってて、いまは女性の神主さんが一人だけでやってるみたい。名前が、ええと」

「生水さん」

「そうそう、そのひと。よく知ってるね」

一致する。

本人から聞いた話と、すべて同じだ。

じゃあ生水さんは、本当にただ単純に、善意から協力してくれていただけだったのか。

私たちは無駄に勘違いしてしまっていたということか。

ふう、と長く息を吐いて、背もたれに体を預ける。

「あのひと、本物の神主さんなんだ」

「不思議なひとだって一歌が言ってたってお父さんに伝えたら、笑ってたよ」

疑心暗鬼になって、疑わなくてもいいひとを警戒してしまった。このまま続いていたらどうなっていただろう。数少ない味方を失ってしまうところだった。今度謝りに行かないと。ゴルフボールとか差し入れすれば、喜んでくれるだろうか。

引き出しの一番上がわずかに開いていて、何気なく閉めようとする。何かがつっかかっていて上手く閉まらなかった。一度開けると、ハンカチの端がはさまっていたのがわかった。

ハンカチの下に何かが隠してあって、めくると、薬の入った小瓶があった。

手に取って眺めたとたん、違和感に気づく。

そこにある異常を、すぐに理解する。

「桜ちゃん、ごめん。ちょっと電話切る」

「え、あ、ちょ――」

スマートフォンをしまう。

ふすまが開く音がして、振り返ると牧が立っていた。小瓶を持つ私を見つけたその瞳が、わずかに揺れるのを見逃さなかった。

勝手に部屋に入ったことに怒るわけでもなく、牧はリビングに視線を逃がす。

「マグカップ、そっちにあったんだ」

「牧。これどういうこと」

「どうって、なにが」

「薬のことだよ」

小瓶を掲げてみせる。じゃら、となかに入っている胃腸薬が鳴る。

その、中身がまったく減っていない小瓶を、牧は少しも見ようとしない。

「全然飲んでないじゃん」

「生水さんが怪しいと思ったからだよ」

「違う、それは嘘」

断言する声に、牧がようやく逃げるのをやめて、こちらを向く。がしがし、と頭をかく。

それから撫でて、乱れた髪を直す。都合が悪いときに見せる癖。

生水さんが怪しいと言いだしたのはつい最近だ。これはそんなレベルじゃない。もっとずっと前に、牧は飲むのをやめている。

そもそも生水さんに疑惑を向けたのは牧だった。私の意識をそちらにそらすのが目的だったのかもしれない。真相を探るために宮体神社に行ったときも、牧はやけにあっさりと退散していた。

薬を飲んで悪化していたのではなく、そもそも薬を飲んでいなかった。

だから祝福が進行していた。

思い出してみようとしても、どうしても記憶が遠い。

最後に牧が薬を飲んでいるところを見たのは、いったいいつだ？

「牧、どうして……」

「一歌と同じだよ」

「私？」

「この町と、そこにいる猫が好き」

ゴールデンウィーク期間中、商店街に遊びに行ったときに同じようなことを言った覚えがある。あのときか。ひょっとしてあのときから、飲むのをやめたのか。

「この体のなかには確かにあの白猫がいる。一緒に暮らしていると、日に日にそれを強く感じる。あの子は苦しむ」

「でも、だからってこのままじゃ牧が……」

「わかってるよ。だから悩んでる。でもあんたには関係ない」

どうして。

どうしていまさら、そんな突き放すことを言う。

こうして暴かれるまで、隠し通すつもりだったのだろうか。そうして牧が消えていくのを私は少しも知らず、ただ最後までそばにいることになっていたのか。いつもそうだ。あのときもそう。牧は引っ越しのことを、自分からは教えてくれなかった。

裏切られたことに動揺しているのか、気づけなかった自分に苛立《いらだ》っているのか、もうわからない。

「飲んで、牧」

なんとかしなければと、体が動く。

「く、薬。早く飲んで！」

近づいて、牧に瓶を差し出す。

その手がはじかれて、瓶が床に転がっていった。

じん、と手の甲がしびれて、痛みがいつまでも引かない。気づけば牧の手が、びっしりと白猫の毛におおわれている。とつぜん生えた鋭い爪に、牧自身も一瞬だけ戸惑うが、すぐに表情を隠す。

「この子は殺せない。見捨てられない。だからトラックの前に飛び込んだ。生水さんの言う通り。本当なら、わたしもあの場所で一緒に死んでた。一歌ならわかるでしょ」

「じゃあ死んでもいいの！」

「うるさいな！」

牧が叫ぶ。

「一歌ならすぐに判断できるの？　生まれたそばから身近にある存在を、切り捨てられるの？　猫好きっていうのは嘘？　所詮《しょせん》は愛玩《あいがん》動物のくくりにすぎないわけ？　安っぽい愛をかざして、自己満足で猫に好意をふりまいてたんだ」

「な、なにそれ。そんな言い方……」

「あんたに何か言われる筋合いはない。どうせあんたは逃げるでしょ。これはわたし一人で背負う問題。だからもう放っておいて。邪魔するなら、出ていけ」

「……わ、私がいつ逃げたのっ」

「ずっとだよ。だから絶交したんだ」

弱弱しい盾をつらぬいて、言葉の槍《やり》がつきささる。

声を出す大事な部分が損傷して、うまく呼吸ができなくて、何も言い返せなくなる。私が苦しむ言葉を、牧は一番よく知っている。

「ずっと勘違いしてるよ。わたしは別に、待ち合わせ場所に来なかったことに怒ったわけじゃない」

「……牧」

「わたしが引っ越すことになったとき、一歌は一度でも一緒に戦ってくれた？　行かないでって、わたしに言ってくれた？　一緒に抵抗しようとしてくれた？」

だって。

それは、もう、どうしようもないことで。引っ越しは決まっていたことで、どうやってもくつがえらないと思っていて。大人の事情に、子供が勝てるわけなくて。

そう答えようとするのに、勝手に唇が震えて、それがいつまでも止まらなくて、言葉がまともに出てこない。

「勝てなくてもいいからそばにいてほしかった。結果がどうなっても、一緒に泣いてほしかった。一歌はわたしよりも早く、わたしのことをあきらめた。現実からも逃げようとして、だから待ち合わせ場所にも来なかった。わたしがあんたを突き放したんじゃない。一歌のほうが先に、わたしを拒絶したんだよ」

「そんな、違う……」

「違わない」

牧は答える。

「そんなあんたが、いまさらわたしの命の使い方に口出しするの？　その資格が自分にあるとでも思うの？」

触らないでよ。

わたしの心に、もう触るな。

実際にそう口にされたのかはわからない。でも、そんな言葉が聞こえた気がした。全身がしびれていて、わずかな音さえまともに拾えない。

牧が体をずらして、私に出口をつくる。顔をまともに見られず、その横を通り過ぎて玄関を目指す。

振り返る資格さえ、私にはない気がした。

「ていう感じで、昨日はそのまま帰ってきたの！　そりゃあ私も悪いけどさ、でもそれにしたって意地悪すぎない⁉　あれ絶対前から言おう言おうって決めてたやつだよ、私が苦しむであろう一番良いタイミングを入念に見計らって言ったんだよ、練習とかしてたと思う！　いまごろ成功してほくそ笑んでるよ！　ねえそう思わない？」

愚痴をぶつける相手は家族でも桜ちゃんでも生水さんでもなく、家の庭に遊びにきてくれていた三毛猫のミミちゃんだった。たまたま立ち寄っただけかもしれないし、匂いを覚えてくれていて、気まぐれで顔を見せにきてくれたのかもしれない。商店街の仮装コンテストの参加賞でもらったキャットフードの缶詰が残っていて、それを献上することにした。食べる間、私は愚痴を一方的に吐き出す。

「……一番堪えたのは、結局、図星だったこと。ぜんぶ当たってたこと」

帰ってきてから、あのあとすぐに熱を出した。ベッドで一日寝こんで時間をつぶして、今日の夕方、ようやく体調が戻った。お腹がすごく減って、夕食の豆腐ハンバーグは一瞬でたいらげた。

たった一人の女の子の存在が、こんなにも大きく、自分の健康に影響を及ぼしてくる。そんな相手を私は他に知らない。

ミミちゃんがキャットフードをたいらげる。まだないのか、と催促するような愛らしい目つき。急いで二階の自室に上がり、かつおぶしのパックとお手製のネコじゃらしを持っ

て庭に戻ると、すでに退散したあとだった。

膝《ひざ》をついてうなだれていると、ぼこ、と頭の上に何かが乗っかる。見ると母が弁当箱を持っていた。

「なに、それ？」

「夕食の残り。つくりすぎたから、牧ちゃんに届けてきてよ」

「なんでいきなりそんなこと。向こうも食べ終えてるよ」

「だって最近また会うようになったんでしょ？」

「自転車で一〇分以上かかるし、面倒くさい」

「いいから感想聞いてきてよ」

「……もしかしてここでさっき私が話してたこと、聞いてた？」

「なんの話かわからない」

ほら早く、と差し出してくる。布につつまれた弁当箱はまだ温かい。一日半しか経っていないのに、また会わないといけないのか。こっちは病み上がりなのに。

でも、向こうはいまもきっと、体のなかの異常が進行している。

資格がないから放っておいてと、拒絶されてすぐに忘れられるほど、短い時間を過ごしていない。

よし、だからもう切り替えて様子を見に行こう。

そうやって次のシーンにはあっさりと、何かの主人公みたいに立ち上がれたら、どんなに楽だっただろうか。あいにく私は、体力と器用さだけが無駄にあって、日常に猫がいてくれればそれで満たされて、将来の夢もまだ見つからず漠然とした不安と、それから根拠のない自信と、味付け程度の期待しか持ち合わせていない、何かの統計の中央値にいるような女子高生にすぎない。

過去は変えられないけど、未来は未確定だ。そんな言葉で誰かが勇気づけてくる。でも過去さえまともに乗り切れなかったひとが、未来もまともにこなせる確証はない。そういう注意書きを、小さく書いておくべきだと思う。

「ほら、早く行け」

「あで」

ごん、と続いて頭に魔法瓶を乗せられる。脳細胞がぷちぷちとつぶれていって、これでまたひとつ馬鹿になった。中身はお茶だろうか。こちらはよく冷えている。食べ物だけではなく飲み物まで差し入れするのか。

「一六年間育ててきた知見から言わせてもらうと、一歌の取り得は、考えるよりも前に動けること。そして残念なところは、考え出すと、ろくなことにならないこと」

「……普通、順序逆じゃない？　悪いところ言ってから良いところ言わない？」

「文句言うな。もうおせっかいはこれきりだから」

「やっぱり聞いてたんじゃん、さっきの話」

「幼馴染《おさななじみ》にフラれたショックで庭でネコを飼いだされたら、お父さん困るでしょ」

「フラれたって……」

考えだすと私はろくなことにならないらしいので、とりあえず持っている弁当箱と魔法瓶が手のなかでまだ軽いうちに、家を出ることにした。親に励まされるのって、どうなんだろうと思う。素直にそれがエネルギーになっている自分にも、あきれて笑う。

自転車にまたがり、カゴのなかに会うための言い訳を乗せて、夜道を漕《こ》ぎ進める。五月の夜の風が、一年で一番気持ち良いと思う。そういう小さな幸せを拾い集めて補給しながら、牧のもとへ向かう。

それでもやっぱり勇気がしぼんでくる。五分もしないうちに、寄り道できるきっかけを探していた。家の間や十字路の隅に猫がいてくれないかな、と思うけど、今日に限ってどこにもいない。

猫を探しているうちにマンションの前に到着してしまう。結局、本当に一匹も見つからなかった。

エントランスに入り、インターホンを押そうかしばし悩む。合鍵《あいかぎ》は持っているから、勝手に入ることはできる。

インターホンを押して応答を待つ。返事がなければあきらめて帰るつもりだった。いつもだったら応答がきてもおかしくない時間が過ぎて、一歩下がりかけたとき、スピーカーが起動する音がした。だけど牧の声は聞こえてこない。

「……牧？」

しゃべらない。

「私だけど」

さらに数秒待って、返事がひとつあった。

「だめ、来ないで」

それでスピーカーが切れた。エントランスのドアはもちろん開かない。牧の声が頭のなかで反芻《はんすう》される。来ないで。こちらを拒絶する声。確かにそれはその通りなのだけど、何かがおかしい気がした。

胸をつきとばすような勢いのある口調ではなく、しぼりだしたような、か細い声。何かに苦しんで、耐えているのだと、容易に想像できる声。もしかしたら、私を傷つけるためではなく、その逆で――

「そういう態度されたら、余計気になるじゃん」

誰もいないエントランスで、誰かに弁解して、鍵を取り出す。部屋番号と施錠穴に鍵を差し込み、エントランスのドアを開ける。

エレベーターで上がっている最中も、意志が揺らぐことはなかった。自転車を漕いで向かっていたときよりも、足先まで感覚がはっきりしているのがわかる。この違いは、何だろう。

玄関ドアのインターホンを再度鳴らそうかと思ったが、余計なことを考える前にさっさと開けることにした。

なかは真っ暗だった。廊下からその先のリビングまで、明かりの気配がひとつもなかった。

「牧？」

返事はない。本当に部屋にいるのかと思った。私が向かおうとする一瞬の間に、家を出たのかもしれない。

廊下を抜けて、リビングの照明スイッチを勝手に入れる。とたんに、異様な光景が目に飛び込んできた。

台所の棚がすべて開かれ、皿があたり散らばっている。ソファにあったはずのクッションがすぐ近くの足元に落ちていて、中身が引き裂かれていた。食卓のテーブルにはヒビが入っていて、テレビは倒れて天井を向いている。牧の姿はやはりない。

もう一度名前を呼ぶと、そのとき、ふすまの奥の寝室から動く気配があった。牧、と近づきながら声をかける。返事はない。

わずかに開いたふすまに指をかけて、そっと開ける。

ベッドのうえで毛布をかぶり、うずくまる牧がいた。毛布から足が少し出ている。カーテンが開いていて、月明かりが部屋を十分に満たしていた。

「牧、リビングどうしてあんなに散らかって……」

さらに近づいて。

その足先から伸びる爪と、覆うように生えている白と桃色の毛に、ようやく気づく。

毛布のなかで牧が震えているのがわかった。

反射的につかみ、勢いよくめくる。

「牧……」

猫耳の生えているその顔が上がり、目が合う。

鼻に生えたヒゲがぴくぴくと動く。腰のあたりから伸びる尻尾《しっぽ》が揺れて、ベッドのシーツをこする。着ているパーカーは昨日と同じもののはずだが、所々が切り裂かれていて、たった一日で何年もの時を過ごしたみたいに劣化している。やぶけた部分から、白い毛におおわれた腕が見える。自分を抱くようにまわすその腕に、人間としてのおもかげはもはやない。

「……い、一歌」

すがるような声が響いて。

その瞬間、瞳《ひとみ》の形が明確に変わる。いつもと違う黄色く濁った瞳。こちらをとらえると、瞳孔《どうこう》が、鉛筆の芯《しん》みたいに細くなる。

ひとではないその子が、私に笑いかけてくる。

口を開いて、するどい八重歯をのぞかせながら、彼女が言ってくる。

「イチカ、おかエり」

第四章　猫の首に鈴をつける

1

白猫のマキがベッドから降りてくる。四《よ》つん這《ば》いで進み、やがて二足でゆっくりと立ちあがり、そのまま身を預けてくる。頬をすりよせて、喉《のど》を鳴らしながら、甘えた声が響く。首もとから右の頬にかけて侵食されるように生えている猫の毛が、ちくちくと、現実的な感触をともなって肌に伝わってきた。爪をひっかけるようにして、私の服にしがみついてくるその手を見る。まぎれもなく牧《まき》の手の大きさなのに、外見はどこをとっても猫のそれだ。

あまりにも速過ぎる祝福の進行に、頭が追い付かず、何も反応できないでいると、マキが追い打ちをかけてきた。

「あレ、どうしたの？　しゃべるのガいがいだった？　ごびが『にゃあ』じゃなくて、がっかリした？　いまかラでもそうしようかにゃあ？」

くすくす、と人間よりも人間らしい笑い声を上げる。私が野良猫たちに、猫の鳴きまねをしながら近づこうとしていたとき、もしかしたら彼ら彼女らからは、これと同じくらい異様に見えていたのかもしれない。

一日半。

たったそれだけの時間で、ここまで進行している。

牧は？　牧はまだちゃんと、そのなかにいるのか。

「言葉、覚えられたの？」

「ずっトなかにいたから。イチカとはなしたくて、おぼエた。ほめて」

「どうして私に懐いてくれるの？」

「わからなイ。きづいたら、スキになった。このからだにはいったときから」

甘すぎた。

また拒絶されて、落ち込んでいる場合じゃなかった。

もっと深刻になって動くべきだった。

私が想像しているよりも、牧はすでにずっと先の窮地に立たされていて、取り返しのつかない崖下《がけした》に向かっているところだった。その崖の深さも、傾斜も、落ちる速度も、何もわからない。いまなら間に合うのだろうか。まだ引きあげることはできるのだろうか。この部屋にたどりついた時点で、私は落ちようとしている彼女の手をつかめているのか。

「白猫さん」

「マキでいいよ。そうよんでくれテた」

「お願い、牧を返して」

白猫が黙る。

「もしできるなら、牧のほうに交代して。牧と話を……」

マキは私から離れて、四つん這いのまま部屋を出ていく。人間の骨格のまま四足で歩く方法を身につけたのか、以前までのぎこちない、お尻《しり》がつきあがるような進み方ではなくなっていた。まぎれもなくそこに猫がいる。

追いかけるように部屋を出ると、リビングのカーテンを開けているところだった。明かりのない部屋に、月明かりが射しこむ。

「わるイけど、イチカのおねがいでも、それはむリ」

すく、と今度は二本の足で立ち上がる。手を器用に動かして、そのまま窓の鍵を開錠してしまう。夜風が入り込んできて、やぶれたクッションやソファの中身の羽毛が、部屋中に舞い上がる。

　マキが窓を開けてベランダに出る。

「待って、どこにいこうとしてるの」

「イチカのことはスキだけど、わたしもしにたくなイ。だからラからだはゆずれない。もうこれは、わたしのモノ」

「……行かないで。ここにいて」

「あいタかったら、みつけてみて」

　ニャア、と甘えるような声を出す。

　やがて手すりをつかむのが見えて。

　風でめくれたカーテンにほんの一秒隠れた瞬間。

　その姿が、ベランダから消えていた。

　手すりの先から落ちていく尻尾の先を、視界がとらえる。

「牧！」

　ベランダに飛び出して、手すりの真下を見る。マンションの五階の高さからひとが落ちれば、無事では済まない。

　マキは民家の屋根に飛び移っていた。そこにはマキだけではなく、無数の野良猫たちが集まってきていた。新しい家族を、迎えにきたみたいに。

「行っちゃだめ！　戻ってきてっ」

声は届かない。白猫は牧の体を奪ったまま、屋根伝いに駆けていく。そのあとを野良猫たちがついていく。

ふと、マキが通りに飛び降りるのが見えた。近くの街灯が彼女の影をつくる。尻尾が妖しく揺れて、ぴくぴくと方角を探るように耳を動かしたあと、その姿が闇に消える。

同じように飛び降りようか迷って、結局人間の手順でマンションを出る。エレベーターを待っていられず階段を駆け下りて、エントランスを抜ける。走り去って行った方を追いかけるが、もう猫一匹の気配すら感じられない。

「牧、牧、牧……」

返事はなく、やがて風さえも途絶えた。


自転車をこぎ進めて、宮体《みやたい》神社のふもとまでたどりつく。スタンドを立てて停める暇もなく、ほぼ押し倒すようにしてお堀の前に停める。そのまま山頂まで駆けていく。坂を登るなら自分の足が速い。

七曲がりの坂を途中からショートカットして、山肌を這《は》うようにして昇った。木の枝が頬にあたって切れる感覚があった。爪の間に土が入り込んでも、かまわず這い続けた。

登りきって、息を整えるより早く社務所のインターホンを押す。早く早く早く、と心のなかでせかして、あと一秒で名前を叫ぼうとした瞬間、出入り口のドアではなく、真横の縁側から生水さんが顔を出してきた。

「どちらさま？　って奈爪《なつめ》さん。うわちょ、すごい汚れてる……」

神主としてもう少し本音は隠してほしいと思うくらい、露骨に引かれたが、ツッコミを入れている余裕もいまはない。

汚れた姿で、すがりつくように縁側の廊下に立つ生水さんのもとへ向かう。

「ま、牧が！　大変なんです！　白猫のほうにぜんぶ乗っ取られて、体もすごいことになってて、いますぐ見つけないと」

「落ち着いてください」

一歩引いていた生水さんが、近づいてしゃがみこんでくる。私よりも何倍もゆっくりな動作の彼女を見て、自分の鼓動がいま、いかに普段よりも速いかに気づく。

「怪我もしてるじゃないですか」

生水さんは優しい笑みを浮かべながら、私の頬を指でぬぐってくれた。血のついたその指先を、私には見えないように隠してくれる。

気づけばここに来ていた。

頼れるのはもう、このひとしかいなかった。それがいまできる唯一のことだった。

「薬が効かなかったみたいですね」

「いえ、違うんです。……牧は薬を飲まなかったんです」

「飲まなかった？」

「私と同じで、牧も猫が好きなんです」

幼馴染《おさななじみ》だけど、私たちの間で何かが噛《か》みあったことはない。

性格も、歩き方も、食べ方も、喋《しゃべ》り方も、何もかも違うけど。

それでも一つだけ。

猫が好きな部分だけは、ぴたりと重なっている。

「あと、疑心暗鬼になって生水さんを疑ったこともありました。すみませんでした」

「薄々気づいてました。ちょっとだけ傷ついて一日だけ眠れませんでしたけど、もう大丈夫です」

それで、と生水さんは続ける。

「どうしたいですか？　奈爪さんはこれからどうしたいですか？」

「どうしたいって……そんなの」

「方法はひとつだけあります。そのためのお手伝いもできます。でもその前に聞かせてください。ちゃんとあなたの口から」

その想いが強いのか。

特別なのか。

生水さんは、私を試そうとしていた。

ちゃんと確かめようとしていた。

どんな言葉で紡いでいけば正解なのか、まるでわからないけど。宮体神社まで這いつくばって登ってくる間に、考えていたことはある。

「生水さんがどんな答えを期待しているのかはわかりません。けどもしこれで協力してくれないと言っても、私は生水さんを痛めつけて、徹底的に脅して、強引に解決の方法を聞きだします。牧以外になら、私は誰にだって嫌われてもいい」

吐きだしながら、何かがほどけていく感覚があって。

気づけば世界で一番弱い水が、頬をつたってこぼれている。

「私は一回、取り返しのつかないことを牧にしてます。それで傷つけた」

傷に染みて痛くて、あわててぬぐうけど、みっともない自分が恥ずかしくて。

でも、想いは止まらなくて。

「もう嫌なんです。未熟だからって、何もできないって諦《あきら》めるのは、もう終わりにしたいんです。牧も白猫も、両方救いたい。都合の良いこと言ってるって、自分でもわかってます。でも、そのためにできることならすべてやります」

マイペースで、言ってることがころころ変わる気分屋で、不器用だし、意地っ張りで。

見た目通りに人見知りで、素直じゃなくて、あきれることばかりで。

それでも、一番そばにいたくて。

牧。ねえ牧。

私はやっぱり、あなたの特別でいたいよ。

だから。

「牧と会いたい。もう二度と、離れたくない」

泣き落としなんてするはずじゃなかった。考えられるなかで、一番みじめなやり方だ。

でも涙は止まらない。止め方がわからない。生水さんがそっとハンカチを差し出してくれた。白い布地で、やわらかくて、心地が良かった。ぬぐうと土と血と涙で、あっという間に汚れてしまった。

ありがとうございます、と小さくささやく声がした。

「手水舎《ちょうずや》の水で良いので、ついでに体の汚れた部分をそれで拭《ふ》きとってきてください。私は準備をするので、前回案内した本殿で会いましょう」

生水さんはそれで言い終えて、廊下を歩きだし、角を曲がっていく。彼女のテストには合格したのだろうか。我に返り、急いで手水舎まで移動する。足や腕や首、頬を湿らせて、汚れている部分をハンカチで拭《ぬぐ》う。

体を清め終えると、本殿の明かりがちょうど点くところだった。参道を進み、賽銭《さいせん》箱の横を抜けて、本殿にそうっと上がる。生水さんは畳に上がる前のスペースで、何かの器を持って待っていた。前にちらりと見た茶器だとわかった。のぞきこむと、抹茶の香りがする。

「ここから神域になるので、これを飲んで身を清めてください」

「お、お茶ですか？　こういうのってお酒とかじゃないんですか？」

「カテキンが入ってて体に良いんですよ」

いつもの力が抜けるような冗談をちゃんと耳に入れられるくらいには、私も余裕を取り戻してきていた。

前回にはなかった、神域へ入るための手順。

本殿の畳部屋に上がる前に、生水さんがさらに説明する。

「前回同様、祠《ほこら》からあるものを取り出すのですが、薬を取り出すときとは違って、今回はより深部へ入ることになります。なので方法が少し煩雑化します。事前にお伝えしておくと、相応のリスクも伴います。少しでも手順を誤れば、わたしたちはこの本殿から二度と出られなくなります」

「……次は何をすれば？」

決意の揺らがない私を見て、生水さんが小さく笑う。飲みほした器を床に置くように言われたので、そうした。生水さんに続くように靴を脱いで、いよいよ本殿に上がる。

「といっても奈爪さんにしていただくことはほとんどありません。そこに座っていてください」

指示された場所に正座すると、生水さんが祠のほうへ向きなおり、前回と同様に踊り始める。

見違えたように動きが洗練されていた。水が流れているのを眺める気分だった。生水さんの周りにだけ、いま、摩擦や重力の一切が存在していないみたいな錯覚を受ける。

趣味の踊りを鑑賞している時間はないんですが、とは茶化せない。前回とは違って、これは明らかに何かの工程の一部だった。白衣の脇の下から汗が垂れて、畳に落ちるのが見える。生水さんは表情一つ変えず、集中し続けている。少しでもミスが生じれば、私たちはリスクを負う。

踊りが止まって、生水さんが大きく息を一つ吐く。

「あとは祠を開けるだけです」

「じゃあ、成功したんですね？」

「いえ。最後の一苦労が待っています」

生水さんが部屋の隅に消えていく。照明の届かない場所で、何かを取り出すのが見えた。

戻ってきたとき、握っているそれがゴルフクラブだとわかった。

状況を理解できないでいる私の前で、生水さんが二回ほど素振りを行う。一回目は素早く、二回目はゆっくり。クラブの先についている鉄の塊の底に、「6」と印字された数字が見えた。何をする気なのか？　と口をはさむよりも早く、よし、とつぶやいた生水さんは祠に向かっていった。

「グリップは強く握りすぎない。テイクバックは左手先行で、勢いを殺さず振りあげる。腰の捻転と体重移動を意識しつつ、あとは――」

つぶやきながら、クラブを振り上げる。

まさか、と思ったその瞬間。

「バックスイング！」

祠に向かって、生水さんがクラブをフルスイングした。

バァン、と木材の砕ける激しい音が響き、土台や柱か何かが崩れる音が続く。砕けた木材の破片が私の座るところまで吹き飛んでくる。

役目を終えたクラブを乱暴に放り、生水さんが半壊した祠に腕をつっこむ。

「どこだったかな。あれぇ確かにここにしまってたんだよな。えーと、あ、これだ。あったあった」

目的のものを取り出し、生水さんが戻ってくる。やり遂げたような安心した笑みを浮かべていた。取り出すための儀式は無事にすべて終わったようだ。

まさかとは思うが、あらかじめこうなることを予見していて、ゴルフを習っていた？抹茶や日本舞踊も、今日このときのための練習？　訊いてもはぐらかされそうな気がするので、黙っておく。

あっけにとられている私の前で生水さんは同じように正座して、桐箱に包まれていたそれを開けて見せてきた。

「これは……」

「勾玉《まがたま》です。胃腸薬のときと同様に、土地から採取した力が封入されています。胃腸薬よりは手に入れるのに苦労します。薬が効果を発揮できる段階は過ぎてしまったので、これを使います」

青白い勾玉。開いた穴には麻紐《あさひも》が通されている。勾玉のなかでは粒子のようなものが、うっすらと、わずかに動いているのがわかる。

生水さんが箱から勾玉を出し、私の手の上にそっと落とす。

「これを祭原《さいはら》さんの首にかけてください。祝福の同化を強制的に抑えることができるはずです。ただし聞いている話の状態だと、効くかどうかは五分五分といったところです」

「これをかければ、牧は戻ってくる？」

「幸か不幸か、白猫さんを完全に消滅させることはおそらくもう不可能でしょう。ここから先は折り合い、折衷、妥協の段階に入ります。祭原さんと白猫さんの間で上手くバランスを取ってもらうしかありません。この勾玉は、現状の祝福の進行を停止させると同時に、そのためのきっかけをつくるための装置でもあります」

勾玉を握りしめる。これが最後のチャンス。

一般人が身につけても害はないというので、なくさないように、私は勾玉を自分の首にかける。

立ち上がって本殿を出ようとすると、生水さんはその場に座ったまま答える。

「すみませんが、訳あってわたしは現在、神社の敷地内から外に出ることができません。

あと単純に疲れました。お手伝いできるのはここまでです」

「ありがとうございます。なんとか牧を見つけてみます」

「居場所に心当たりは？」

「ないですけど、白猫のいそうな場所を手当たり次第に探してみようかと」

商店街。学校。民家の間。路地裏。思いつくところはいくつかある。

靴を履いている間、生水さんからもう一つアドバイスをもらった。

「祭原さんの意識が失われず、まだ自身の体のなかで息づいているなら、白猫さんの行動にある程度の変化を及ぼしている可能性があります。白猫さんだけではなく、祭原さんが行きそうな場所を探してみてもいいかもしれません」

「……それなら、心当たりが一つあります」

即座に思いついた場所。

勾玉を首にかけるなら、牧の意識はまだ残っている前提で話を進めないといけない。それなら目指す場所は、やっぱりその一つだ。

「いま体と意識を支配している白猫さんも、生きようと必死です。おそらく激しい抵抗にあうでしょう。奈爪さん一人で立ち向かうには困難かもしれません。何かしらの対策が必要です。そして、向こうがどんな手段を使ってきても、怯《ひる》まないように」

「わかりました」

ほどけかけていたスニーカーの紐をしっかり結ぶ。低重心から、足先に力をこめて、一気に爆発させる。おお、と遥《はる》か後ろの本殿から、生水さんの感嘆の声がした。

駆けだす。ここから先は、私の行動の一分一秒にすべてがかかっている。一歩も無駄にはできない。

「……いま行くから」

勝っても負けても、成功しても失敗しても。

今度こそ、私はあなたのそばにいるよ。

2

登ってきたときの足跡をたどるように、山道の斜面をショートカットして降りる。思った以上に速度がついて、降りるというよりは落ちている心地だった。途中で一回だけ派手にこけたが、足はひねっていないので問題ない。走り続けられる。

ふもとにたどりついて、お堀にかかった橋を渡りきったとき、奇妙な感覚に襲われた。ほんの一瞬だけ体が軽く浮き上がったような気がした。首にかけている勾玉が何か関係しているのだろうか。

自転車に乗って目的地へ突き進む前に、寄ると決めた場所があった。生水さんは一人で立ち向かうなら対策が必要だと言った。その対策のために使えそうなものが、ちょうど家にある。

家の玄関前で自転車から飛び降りる。スタンドを立てて停める暇さえ惜しい。がしゃん、と派手な音が鳴って、それに気づいて様子を見にきた母と玄関ではち合わせした。枝葉と土をかぶった私に母が目を丸くする。

「なにそれ、どうしたの！」

「あとで説明するっ」

「それ説明しないやつのセリフ！」

階段を駆け上がり、自室に飛び込む。必要な道具は一か所にまとめられていた。商店街の仮装コンテストの参加賞でもらったトートバッグのなかに、道具をありったけつめこんでいく。

かかえて家を出て、再び自転車を走らせる。準備は整った。あとは行き先だ。

『白猫さんだけではなく、祭原さんが行きそうな場所を探してみてもいいかもしれません』

考えている行き先が、本当に合っているかどうかの保証はない。数えきれない場所で、あふれる時間を牧と過ごしてきた。それでも待ち合わせと聞いて思いつくのは、一か所だけだった。

もしもスマートフォンが使えなくなって。電話も連絡を取る手段もなくなって、それでも待ち合わせをしていることだけはわかっていて。この町のどこかに向かえと言われたとき、私もきっと同じ場所を選ぶ。私と牧だけが共有している場所。

夜の住宅街を突き進む。すれ違うひとはいない。

近道のために商店街のほうへ抜けようと、目の前の十字路を右に曲がろうとした、その瞬間だった。

「のわ！」

右の通りの開けた視界に、いきなり影が飛び込んでくる。ハンドル操作を誤り、塀に車体をこすってとうとうバランスを失い、派手に転倒する。

起き上がって自転車を取りに戻ろうとしたとき、倒れた自転車のハンドル部分に黒猫が一匹、ぴょんと飛び乗る。飛び出してきた影の正体だった。威嚇するように、尻尾《しっぽ》をこれでもかというくらいに膨らませている。

続いて二匹、三匹と別の野良猫が塀や屋根から飛び降りてくる。電信柱の陰に隠れていた三匹がさらに加わる。猫の群れは毛を逆立てて、露骨に私に敵意を向ける。

これが生水さんの言っていた、抵抗というやつか。白猫のマキが仲間に指示をだして、私を近づけさせないようにしているのかもしれない。それなら、目的地の方向は合っているということか。

自転車に野良猫が次々と飛び乗る。何をするのかと思っていたら、

「あ、ちょ待って待って待って待ってぇ！」

車輪に口を近づけたかと思うと、一斉に牙《きば》を立てて嚙《か》みついた。ぐりぐりと首をまわすと、ばしゅ、とタイヤから空気が勢いよく漏れる音がした。見事にパンクさせられる。到着までの時間が遅れる焦りと同時に、その異様な知性に、感嘆してしまう。

おあぁぁぁお、と臨戦態勢に入るうなり声を黒猫があげる。続くように別の野良猫も威嚇してくる。いつ襲いかかってきてもおかしくない。数センチでも動けば、それがタイミングだ。

足もとに自転車のカゴから落ちたトートバッグが転がっていた。なかには対策用の道具が入っている。手を伸ばせば間に合うか。

起き上がろうと、足に力を入れたとたん、地面のアスファルトの砂利がわずかに鳴った。

それで猫の群れの堤防が決壊した。

黒猫が先陣を切って突進してくる。

躊躇《ちゅうちょ》していられない。

トートバッグに飛びつき、いきおいよく中身の一つを取り出す。同時に黒猫が飛んだ。私の顔をめがけて、その伸ばした手の、鋭利な爪が迫る。

バッグから引き抜いた銃を片手でかまえる。想像以上に重く、銃口が目標からずれそうになった。両手ですぐさまかまえなおして、突進する黒猫の顔をめがけて、撃つ。

「にゅっ！」

私の悲鳴か、それとも黒猫の悲鳴かわからない声があがった。

顔面にまともに食らった黒猫が着地を誤り、転がっていく。想定していない攻撃にパニックになったのか、じたばたと暴れだす。

「だ、大丈夫だから！　ただの水だから！　これ水鉄砲！」

抱えている銃を見せるが、もちろん伝わるわけもない。駅前のショッピングモールで用意した、サイズの一番大きい水鉄砲。

もともとは牧の猫化が進行して、その暴走を抑えるために用意していたものの一つだった。使われる機会を待っている道具はこの他にもいくつかある。これが私の対策。

ほかの野良猫が三匹同時に突進してくる。近づいてくるものから順番に水を撃っていく。最初の数発は外して、残りはすべて命中した。黒猫と同様に、顔に水を浴びると冷静さを失い、地面を転がり出す。一匹が逃げると、それをきっかけに徐々に群れが退散していく。だが新しく集まってくる猫もいた。私のために向こうから猫が来てくれる。普段ならよだれが出るほど幸せな場面なのに、とても惜しい。

「ごめん！　急ぐから！　私行かないと！」

数匹が返事をするみたいに、雄たけびを上げる。これ以上集まられると埒《らち》が明かない。自転車の回収は諦《あきら》めて、自分の足で向かうことにした。

トートバッグと水鉄砲を担ぎ、無数の猫に追われながら、私は夜の宮毛町《みやけちょう》を駆け抜けていく。

商店街を抜けている間、追ってくる猫の数がさらに増える。実際に目で追える子たちだけではなく、そこら中に気配がした。シャッターがしまり人気がまったくない商店街を、いまは猫が埋め尽くしている。ひとで賑《にぎ》やかになる昼間の光景とは真逆だ。

機を見て一匹の茶トラが迫ってくる。水鉄砲で応戦するが、水がちっとも当たらない。走りながらだと撃つのが難しい。しかし牽制《けんせい》にはなったようで、茶トラはいったん身を引いてくれた。

走りながら、息が切れかける。だけど足は止まらない。苦しいはずなのに、どこまでも走れる気がする。この一歩が足りなかったからと、あとで後悔したくないから。

お気に入りの「宮毛猫コロッケ」と「宮毛猫メンチカツ」を出してくれる精肉店の横を通り過ぎる。商店街の半分ほどを進んだところで、襲撃の第二群がやってきた。

水鉄砲を構えて、撃つ。今度は一発目で命中する。驚いた猫が飛びあがり、ほかの数匹を巻き込んで横転事故を起こす。

転がって行った一団を踏み越えるように、さらに別の群れが襲いかかってくる。気をとられていると、前方から二匹のサビ猫が迫ってくる。

どうする。どっちに銃口を向ける。両方を相手していたら間に合わない。

避けられるか？

いや違う、避ける必要はない。

向こうに避けてもらうのだ。

閃《ひらめ》いて、トートバッグのなかから用意していたものを取り出す。ピンポン玉サイズの、赤色のボール。追ってくる群れに向かって、雑にばらまいていく。スポンジ製なのでそれほどは弾まない。

数匹が警戒してボールから離れる。しかし一秒後には、その落としたボールに群れが徐々に引き寄せられていく。

猫たちはボールを奪い合うようになる。ばらまいた数球があちこちで跳ねて、群れが散開していく。そうして追いかけてくる猫を完全に引き離す。

「やった！　成功だ、またたび手榴弾《しゆりゆうだん》」

ハンドメイドのまたたび入りボール。私を追う指令を受けているとはいえ、本能には逆らえない。ちゃんと使えてよかった。あれは一球つくるのに二〇分もかかった。なかのスポンジをくりぬいて、またたび入りのティーバッグを閉じ込めるのだが、その作業が特に難しい。

前方から突進してくる二匹のサビ猫を水鉄砲で撃退する。一匹に当たり、一匹は外した。二匹が路地裏に逃げ込んでいき、道を開けることに成功する。命中率はいまだにかんばしくない。

確認すると、タンクのなかの水はあと半分ほどだった。補給場所もそう都合よく見つからない。無駄には使えない。

商店街を抜けきって、ひとまず追ってくる群れをかわす。広い道は狙われやすいし、向こうにも見つかりやすいのだろう。遠まわりはあまりできないが、道は慎重に選ぶ必要がありそうだ。

住宅街に再び戻って、愛すべき猫たちを振り切るためにいくつかの角を曲がる。姿は見えないが、民家の屋根を伝う足音がそこら中から聞こえる。牧だったらいまの状況をなんと表現するだろう。『エイリアン2』のエレン・リプリーかよ、とか文句を言って、私が伝わりにくいそのたとえにまたツッコミを入れる未来までは見えた。

気を緩めた隙を狙うように、民家の屋根から一匹、ミサイルのように突進してくる。顔のすぐ横を影がかすめると、頰に鋭い痛みが遅れてやってきた。今日はよく頰を怪我してしまう日だ。外灯に照らされ、ミサイルの正体はブチ猫だとわかった。

襲ってきたブチ猫を撃退するために銃口を向ける。引き金に指をかけた瞬間、背中にもう一匹が飛びかかってきた。民家の庭かどこかに隠れていたらしい。爪の食い込む感覚があり、思わず唇を嚙む。とても痛いし苦しい。けど、乱暴にもできない。好きって、こんなにも大変だ。

バッグからまたたびボールを取り出し、もう一匹の鼻に近づける。食い込んだ爪がゆるんで、ぱっと離れて落ちていった。ブチ猫もまたたびボールの匂いに引き寄せられて、私を意識から外す。ボールが坂を転がると、二匹も追いかけて消えていった。

坂道を上がると、いつも通っている高校が見えてくる。高校の敷地沿いをぐるりと回りながら、丘を下る道を目指す。委員会の仕事でよく、敷地内から見ているあのフェンスが目に入った。学校に牧がいることも少しだけ考えたけど、やはり気配はなかった。

丘を下り、開けた視界の先に、住宅街の明かりや道の街灯からは明確に隔絶された、広いスペースが見える。

宮毛町中央公園。

牧はきっと、そこにいる。


公園内に入ると、草の茂みや芝生の陰、木々の根元、そこら中から猫の気配がした。獣独特の、甘さと湿っぽさが混ざるような匂いまで鼻に届いてくる。ここはどうやら天国だ。集まってくる子たちが全員、爪と牙をむき出しにして襲いかかってくること以外は。

園内の通路をふさぐように、堂々と待ち伏せる数匹もあらわれる。水鉄砲を向けると、警戒するように草陰に隠れる。私が持っているものの正体を理解しているみたいだった。

まさか私の知らないネットワークが駆使されて、猫たちに情報伝達がされているのか。もしくはここに来るまでの間、すでに何度かスキンシップを取っている何匹かが追いかけてきているのか。

向こうも機会をうかがっている。と思っていたら、いっせいに斜め後ろから走り寄ってくる。

トートバッグから最後の武器である、ネズミのおもちゃをだす。数個を一斉に地面にばらまくと、衝撃でまいていたネジのロックが外れて、それぞれが自走しはじめる。

「ニャ」「ニャ」「ニャ」「ニャ」「ニャ」

コントロールはできないが、その予測不能な動きを、猫たちは本能で目で追ってしまう。実際に追いかける子もいてくれて、つくった甲斐《かい》があったなと思う。充足感に足をすくわれそうになった瞬間、前からも飛びかかってくる。水鉄砲で一撃ずつ撃退し、すぐに逃げていく。だが数十メートルも走らないうちに、撃ったはずの子たちがすぐに復活してまた追いかけてくる。だんだん水も効かなくなってきた。

「ぬお！」

水鉄砲内のタンクをのぞき、水の残量を確認していると、上から降ってくる影があった。体格がふくよかなサビ猫。木に登って隠れていたらしい。いっときも油断できない。

木々に覆われた通路をぬけて、開けた芝生のスペースにやってくる。その奥に見える丘が、目的地だ。私が待ち合わせをすっぽかした場所。牧が私との絶交を決めた場所。

追ってくる猫の数がさらに増える。地面が芝生に変わってしまったので自走ネズミはもう使えない。ならまたたびボール。ありったけを投げると、トートバッグのなかが一気に空になった。二球だけ残してポケットにしまい、トートバッグも捨てる。

丘の頂上に続く階段を駆け上がる。

噴水と、それを取り囲むように等間隔に設置されたベンチ。町のシンボルである猫が描かれたタイルの地面。

見まわすが、ひとの影はなかった。

間違えたか。

ここではなかったか。

名前を呼ぼうとしたそのとき、花壇のなかに入り込む人影を、ようやく見つけた。気づけば音も、気配も、匂いも消えている。

花の香りに導かれるように、花壇に踏み入っていく。

背を向けて立っている彼女が気付いて、振り返ってくる。

頭のうえに立つ、二つの白い耳。腰のつけねから伸びる尾。人の面影のない両手と、ところどころやぶけた服の中から見える体毛。長いヒゲに、猫の瞳《ひとみ》。

そして耳に響く、牧の声。

「イチカ。きたんダ」

悟られないよう、首にかけた勾玉《まがたま》がまだちゃんとあるかを確認する。暴れて逃げて追いかけられて、もみくちゃにされてきたが、紐《ひも》は千切れることなくつながっていた。

「イチカ。ここまでくるノみてたよ、カッコよかった」

「白猫ちゃん、牧を返して」

「そんなんジャなくて、まえみたいにマキってよんデよ」

「お願い。白猫ちゃん」

不機嫌を示すみたいに、向けていた笑みをとたんに隠す。

牧の首にこの勾玉をかける。そうすればいま体を支配している白猫は消えて、同化もおさまる。そのあとは一つの体のなかで牧と白猫が協議を行うことになる。それは本人に託すしかない。

私ができるのは、いままさに進んでいる暴走の先の結末を、食い止めること。

距離はあと五歩分。一気に近づけるだろうか。気取られて距離を離される気もする。でも、向こうは私が何をしようとしているかはまだ知らない。

一歩近づこうとしたとき、白猫が私の後ろを指さす。

「いいことおしえテあげる」

「いいこと？」

振り返ると、噴水の中心に立つ時計台が見えた。針は一二時をさそうとしている。もうすぐ今日が終わる。

白猫が笑みを戻して続ける。

「あのハリがいちばんうえまできたら、このカラダのもちぬしはもう、にどともどってこない」

「…………」

「ウソだとおもう？　しんじないならそれでイイ。あと3ぷん、ここでいっしょにオハナシしてようよ」

一一時五七分。

白猫が言っていることが正しいなら、本当にあと三分しかない。

「ずいぶんフェアに教えてくれるんだね。親切で優しいね」

「あ、ほめてくれタ。イチカがほめてくれタ」

くすくす、とひとがする笑い方。感情に呼応するように、尻尾《しっぽ》の動きがあわただしくなる。無邪気な子供が入っているみたいだ。

「ねえ、ワタシでいいでしょ。ワタシのほうがイチカをスキだよ。ワタシといるとたのしいよ。ワタシはうらぎったりしない。ずっとワタシのあたまを、なでてよ」

うん、撫《な》でるよ。そう言って近づけば、チャンスはあるだろうか。

一歩寄ると、とたんに白猫が察知して同じ距離だけ身を引いた。

「ちかづかないデ。3ぷんたったらきてもイイ。そしタらいっぱいなでて」

「いま撫でてもいいんだよ」

その手には乗らない、と白猫が笑いながら首を横に振る。

「クビにかけてるそれをはずせるなら、ちかづいてきてもイイ」

「……やっぱりわかるんだ」

「ふくのなかにかくしても、ダメ。よくないチカラをかんじる。それはワタシをふじゆうにスル」

不自由。

牧が自由を完全に失うまで、三分をすでに切っている。悠長に話をしていていいのか。

隙は見つかるのか。なにかとっかかりは――

「イチカをきずつけたくない。だからオトナシクしてて」

「……三分のタイムリミットの話を、どうしてしてくれる気になったの？」

「どうせとめられナイから」

「違うんじゃない？」

ぴく、と白猫が動く。楽しそうに動いていた尻尾も止まる。反応を見るにはどれもわかりやすい。

「ここに来たのも、ここにいるのも、本当は白猫ちゃんの意志じゃないんじゃない？　牧からまだ、完全に奪えてない。自分が不利になるようなタイムリミットの話をいましたのも、実は牧の意識に影響されたからなんじゃない？」

「ちがう、ワタシはもうジユウ。じゃまするならイチカでもゆるさない」

「私も手荒なマネはしたくないよ。だから返して、牧を」

私が一歩踏み出す。

瞬間、白猫が指を一本、くいと動かす。

それが開戦の合図だった。

花々のなかに伏せて隠れていた猫たちが、四方から一斉に飛びかかってくる。花壇にいたのは匂いを紛れ込ませるためだったのか。私は最初から誘い込まれていた。

反応が遅れて、一匹、二匹と抱きつかれる。次々と群れが続く。ぼす、ぼす、ぼす、と鈍い衝撃が体を襲う。

猫の腹におおわれて、視界が途切れる。もがいているうち重さに耐えきれず、とうとうその場に転ぶ。振りほどこうとしても猫の一群がさらに加わって、熱がこもり、息苦しい。全方位から声が反響していた。ニャアニャアニャアニャアニャアニャアニャア。覚えのない速さで、方向感覚が揺らいでいく。

一瞬だけ自由になった腕をポケットに突っ込む。二球だけ残しておいたまたたびボールを取り出し、その場で握りつぶした。

粉末が飛び出し、近くにいた猫の鼻息が荒くなる。統率がそれで乱れて、おおいかぶさっていた猫たちの力が抜けていくのがわかった。

振りほどいて、猫の山から抜け出そうとする。しかしまたすぐに別の一群がやってきて、足元から上ってくる。深い雪のなかを歩こうとしているみたいに、足が重い。

これでは牧に近づけない。タイムリミットを迎えてしまう。どうする。考えろ。違う、考える前に動け。行動を起こせ。

近づけないなら、向こうから来させればいい。

「三分あるなら逃げればいいのに！」

猫の群れの声にかき消されないよう、白猫に向かって叫ぶ。一歩も動かず、白猫は警戒するようにこちらを睨《にら》む。

「そんなところに立ってないで、さっさと離れればいいのに！　見つからないように隠れればいいのに！　どうしてそれができないか知ってるよ！」

来い。挑発に乗って来い。お願いだから。

「まだ体が自由に動かないんでしょ！　牧がいるからこの丘から離れられない！」

威嚇するように、白猫が歯を見せる。

「あなたはまだ自由になんかなってない！」

「だまレ！」

来た。

と判断する頃にはもう、目の前に白猫がいた。

ひとでもなく、猫でもない動き。

猫たちでさえ反応に遅れて、一瞬後には邪魔をしないように離れていく。声も出ず、指一本動かす暇さえなく、白猫が私の服をつかむ。

次の瞬間には体が浮き上がっていた。遠心力におそわれて、投げ飛ばされたのがわかった。視界がまわる。何も追えない。

叫ぶ前に、水のなかに落ちていた。パニックになって盛大に飲み、体を起こすと同時に吐き出した。

髪から水滴がしたたり、服のなかに水が染み込んでくる。周りの様子で、噴水まで吹き飛ばされたのだとようやく理解した。頭上には時計台がそびえている。あと一分半を切っていた。

花壇の柵《さく》をまたいで白猫がまっすぐ向かってくる。うるさい私を排除することに決めたらしい。

かけていた水鉄砲を体から外して、噴水内に思いっきり突っ込み、タンクに水を補給する。こぽ、こぽ、とあきれるほどのんびりとタンク内の空気の泡が立ち上ってくる。早く早く早く早く！

水を半分まで補給しおえてかまえる。白猫のほうに銃口を向けると同時に、水鉄砲を握っていた感覚が消えた。片手一つで弾き飛ばされていた。

一歩下がると、躊躇《ちゅうちょ》なく白猫が噴水に入ってくる。足が水に浸かっても、かまう様子を見せずさらに近付いてくる。何か武器は。応戦できるものは。

「んぐっ……」

服の首元をつかまれる。水に浸かっていた足が完全に浮き、牧からは想像もできない力で、軽々と持ち上げられる。もがこうとしたが、さらに絞められて息ができなくなる。

「そのママねむってて」

空いたもう片方の猫の手が、拳《こぶし》の形に変わるのが見えた。殴られる？　どこを？　身構えないと。それとも拳はフェイクで、地面に叩《たた》きつけられるのか。あるいはこのまま絞め落とされて――

「ニッ!?」

その瞬間、白猫の腕に何かが飛びかかり、嚙《か》みついた。

ひるんだ白猫が反射的に腕を振る。私は噴水の外に放り投げられて、ベンチの足に背中を打ちつける。

起き上がると、そばのベンチに、嚙みついたその子が着地する。

「ミミちゃん！」

左右の耳の色が違う三毛猫。私がニックネームをつけていた数少ないうちの猫。

ミミちゃんが一度だけ目を合わせてくる。私の無事を確認したみたいに、そのまますぐに顔をそらして、白猫のほうへ駆け出していく。

「なんだ！　なんでじゃまスル！」

白猫の顔に全身をおおいかぶさるようにして、飛びかかっていく。視界を失った白猫がふらつきはじめる。ミミちゃんをつかんで放り投げると同時に、噴水の枠に足をぶつけて、そのまま白猫が外に倒れる。

駆けだし、次は私が突進した。

起き上がりかけた白猫にまっすぐぶつかり、地面に倒す。ぐるりと何度も景色が反転し、勢いが落ちることなく、そのまま丘の斜面を転がっていく。

白猫に蹴《け》られて、体が離れる。全身に衝撃。芝生だから痛くない。立ちあがって、回り続ける視界を安定させるために、噴水の時計台に視点を定める。あと一分。

「う、く」

三半規管がまだ安定しないのか、白猫は四《よ》つん這《ば》いのままだ。もう時間がない。

白猫に飛びつくと、察した彼女が暴れ始める。服や毛や、尻尾、あらゆる場所をつかんで振り落とされないようにする。

首から勾玉《まがたま》のひもを外す。

これが最後のチャンスだ。

「戻ってきて!」

体重をかけて押し倒す。

馬乗りになって、そのまま強引にひもを首にかける。ひもから手が離れるのと、再び蹴り飛ばされるのはほぼ同時だった。すんでのところで手を離し、ちぎれるのを防ぐ。やった。白猫に勾玉をかけた。あと四五秒。ぎりぎり間に合ったはず。

「ぐ、うううううう……」

立ちあがった白猫がうめき声をあげ始める。苦しむように膝《ひざ》をつく。その体が、青白い光に覆われ始めていた。

「ぐうううううううう！」

腕の体毛が消え始める。猫のそれだった手が、牧自身の手に戻っていく。効いている。ちゃんと効いている。

「うううううううううぅぅぅ！」

このまま、静まって。

歯をくいしばり、祈る。

「ああああぁぁぁぁああああああああ！」

ひときわ大きな白猫の悲鳴があがり。

そして――

ガラスの砕けるような音が響き、勾玉が、真っ二つに割れた。

割れた勾玉が芝生に転がっていく。牧の体をおおっていた青白い光が消え、風に乗って焼き切れたひもが私の目の前をただよう。

はあ、はあ、と上がった息を整えながら、瞳《ひとみ》にいまだに猫を宿した彼女が、私を睨んでくる。

「もうオワリ。あきらめテ」

失敗した。抑えられなかった。

あと少しだった。

残り三〇秒。もうだめだ。

どうする。何かないか。

「あ、あ、あぁ……」

失う。

牧を失う。

「あきらめロ！」

こちらの心を折り、踏みつぶそうとする声。

お願い。誰か――。

いや違う。

『そうだった。あんた無駄に昔から器用なんだった』

『不純な嫌らしさですね』

『真面目になんか運動系の部活入らないの？　もったいない』

『一歌《いちか》の取り得は、考えるよりも前に動けること』

誰かじゃない。

ここには、私しかいない。

考えるよりも早く、思い切り踏んで、飛び出す。あと二〇秒。転がっていった勾玉のもとへ向かう。すぐ近くにあった片割れを一つ回収すると、白猫が意図に気づき、残ったもう一つの欠片《かけら》のほうへ駆けだしていった。あと一五秒。

月の明かりが芝生に転がる勾玉に反射する。見つけて、飛び付く。手につかむと同時に、横から白猫にタックルを受ける。握った勾玉と一緒に、衝撃で意識も失いそうになるが、手放さない。あと一〇秒。

もがくうち、白猫が私を押し倒し、両手を押さえつけてくる。馬乗りにされて動けない。

見下ろすその顔を寄せてきて、シャアアア、と威嚇する声をあげる。

「そのキケンなものをよこセ！」

私の握りこぶしを睨みつける。

「てをひらけ！　こわしテやる！」

あと五秒。

私は微笑んで。

握っていた、そのこぶしを開く。

は？　と、白猫が戸惑った表情を見せる。

空になった手のひらに動揺し、それから私の口元に気づく。猫の瞳は鏡となって私の姿をよく映していた。歯の間から咥《くわ》えた勾玉が、のぞいている。

「ッ！」

両手を離して、白猫が飛び退こうとした。逃がさない。

白猫が後ろに反るのと同時に、体を起こす。

手を彼女の後頭部に回し。

そのまま引き寄せて——。

〇秒。

彼女の唇に、触れる。

咥えていた勾玉が口のなかから離れていき、飲みこむ音がする。

青白い閃光《せんこう》がとたんにあたりを包み、そして何も見えなくなった。


白く飛んでいた視界に色がもどってくる。芝生と、土と泥と傷で汚れた体と、筋肉痛で早くも震えだしている腕。律儀に仕事を続けている噴水に、午前〇時過ぎをさしている時計台の針。そして目の前に、牧がいた。

膝をついて座り、お互いに一ミリも動かない。

呆然《ぼうぜん》としたその顔に、もうヒゲはない。耳も消えて、尻尾《しっぽ》も振られることはない。自分の体がちゃんと戻ったことを確認するみたいに、ゆっくりと触れるその手は、牧自身のものである。

目の前にいるのに、ようやく目が合って、牧がつぶやく。

「一歌……」

「あ、……えーっと」

何を話そう。

言うべきことがいくつかあった気がするけど、何も浮かばない。

戻ってきたということで、とりあえずこのあたりから再開しようか。

「お母さんが夕食をつくりすぎたんだけど、よかったら残り食べたい？　いま牧のマンションに放置してある」

がば、と次の瞬間には抱きつかれた。

夕飯が用意されていて嬉《うれ》しかったのか。

そんなわけないことくらい、疲弊した脳みそでも、さすがにわかる。

「怖かった」

「う、うん」

「もう二度と戻ってこられないと思った」

「……うん」

すすり泣く声を、抱きとめる。

「だめだって諦《あきら》めかけてた」

「うん」

「ちゃんと来てくれた」

「うん、来たよ」

「一歌……」

「聞いてるよ」

「ありがとう」

「……うん」

ふいにそのとき、伝えるべきことがやっと見つかった。

「こっちこそ、待たせてごめん」

どうやらそれを見つけるのに、私は一年半もかかってしまっていたようだ。

私を抱きしめる牧の力が強くなる。うちつけまくった背中の打撲に響いたのか、鈍い痛みが走ったけど、しょうがないので我慢した。

月が周囲を照らす。あれだけたくさんいた猫が、気づけば一匹もいなくなっていた。遊びに飽きて帰ったのだろう。

噴水の音を聞きながら待っていたが、牧はいつまでも離してくれそうになかった。

「あの、牧さん。そろそろ苦しい」

「もう少しこのまま」

「さいですか……」

あきらめたそのとき、がばっ、と急に牧が抱擁を解いた。

そのまま身を引き、信じられないものを見る目で私を見つめてくる。頰が染まり、口が開いては閉じてを繰り返す。

「あんた！　さっききききキスした！　勝手に！」

「あ、なんだ、ぜんぶ覚えてるんだ」

「忘れてればいいと思ってたのか！」

「だって、手も足もふさがれてたから」

「だからってもっと何かあったでしょ！」

「ああするしか思いつかなかったよ。結局、勾玉《まがたま》は牧の体のなかに入ってることになるね。ちゃんと飲みこんでたし」

「最低！　ファーストキスだったのに！　もっと大事で神聖で、思い描いてたのはこんな場所じゃなかった！　最低最低最低最低！　このセクハラ魔人！」

勾玉のことはいいのか。

牧の様子が平常運転に戻ったのを見て安心したのか、一気に力が抜けた。そのまま倒れこんで、空を見る。今日はよく寝られそうだ。

「ちょっと聞いてるの!?　どうしてくれる！　一生に一度しかないのに！　特別なものな

のに！　ほんとに初めてだったのに！」

誰もいない公園に牧の声が響き続ける。しばらく止みそうにないので、悲鳴に似たその抗議にまぎれて、そっとつぶやくことにした。

私もだよ、と一言だけ。

エピローグ　猫にもなれば虎にもなる

猫と一生分はスキンシップしたと言えそうなあの騒動の翌日、私は初めて学校をサボった。そして一日中、泥のように眠った。たまに聞く「泥のように」という表現がどういうことなのか、いままでピンときていなかったけど、ようやく納得できた。ベッドに付着して、自分という存在がこびりついて離れないような気持ちになって、そのまま意識が沈んでいく感覚のことを言うのだ。泥のように、という表現を最初に思いついたひとは天才だと思う。

深夜にパンクした自転車と、傷とその他いろいろなものにまみれた娘が帰ってきたのを見て両親は悲鳴をあげた。そのままあやうく警察を呼びそうになっていた。側溝に落ちて気を失っていたという嘘を信じ込ませるのに、一時間もかかった。私を泥のように眠らせた疲労の最後の原因は、この両親の説得だった。

四日が経ってようやく、全身の筋肉痛が徐々に引き始めた。話を聞くと牧《まき》もそれくらいだった。打撲や擦り傷はまだ完全に消えていないけど、それでも日常生活を送れる程度には回復できたので、私たちはその朝、登校前に宮体《みやたい》神社を訪れることにした。

生水さんはいつも通り、境内で掃除をしていた。紺色のダイビングスーツを着て頭に派手な柄のスノーケルマスクをかぶっていた。全然いつも通りじゃなかった。

「うわやばお客さん⁉ 朝はこないと思ってたのに！ って、なんだお二人さんですか。驚かさないでください」

「それも儀式の一部ですか」

「いいえ、趣味の全貌《ぜんぼう》です」

だと思った。

今度はダイビングにハマる予定らしい。最後に会ったとき、神社の境内から出られないという風なことを言っていたが、海に行くことはできるのだろうか。

「一式そろえるとけっこうするんですよね。でもやっぱり形から入らないとモチベーション上がらないじゃないですか。このスーツもだいぶ馴染《なじ》んできました。尻尾もちゃんと隠せるし良いんですよ。あ、牧さんおかえりなさい。大変でしたね。それでこっちのスノーケルマスクはですね――」

生水さんには事前に連絡を取っていて、牧が戻ってきたことは伝えてあったが、詳細までは明かしていなかった。この四日間、心配させてしまっていたかなと思ったが、体にダイビングスーツをなじませるのに忙しかったらしい。

海底を目指す神主さんに、牧の無事を改めて報告しつつ、具体的な経緯を明かしていった。勾玉を飲むくだりまで話したところで、飄々《ひょうひょう》と聞いていた生水さんが出会って一番取り乱した。

「あなたたちどうかしてるんですか!?」

「とりあえず着替えてからその台詞《せりふ》放ってもらえます？」

牧のツッコミの一撃で、生水さんが一度社務所に消える。時間がかかるだろうと思って参拝を済ませると、ちょうど白衣と袴《はかま》の正装に着替えた生水さんがもどってきた。

「あなたたちどうかしてるんですか!?」

「本当にやり直すんですね……」

逃れられず、生水さんの説教をたっぷり浴びる。内容の大部分は「私が師匠に怒られる！」という悲鳴が占めていた。それでも怒り足りないのか、ひとしきりぶちまけたあとも、生水さんの狼狽《ろうばい》は止まらない。

「いやでも普通そんなことするかなぁ？　首にかけなきゃいけないものを飲みこむってどこから出る発想なんだろ。怖ぁ……最近の女子高生って怖ぁ……。というか影響ってどうなるの？　私でもよくわかんない。もう知らない。私のせいじゃありません」

「でも、ちゃんとこうして収まりました」

半分なだめるように、牧が言う。その頭に耳は生えていない。体の一部が猫の毛でおおわれていたり、尻尾が揺れたりしていることもない。猫の一部が表出していた面影は、いまでは完全に消えていた。

「どういうバランスを取るようにしたんですか？」生水さんが訊《き》いた。

「この三日間でゆっくり話しました。向こうも言葉を覚えたので、コミュニケーションはスムーズでした。向こうから要望があったり、わたしが許可したときにだけ、意識を交代することにしました」

私も今日になって、初めて聞く話だった。勾玉がちゃんと効いている、とは教えてもらっていたが、あの白猫ちゃんと具体的な交渉まで進んでいたとは。

生水さんが穏やかな笑みを浮かべる。

「ちゃんと調整はできたみたいですね。定期的に交代してあげるのは、私も良い案だと思います」

「基本的には勾玉のおかげで出てきませんけど、ガス抜きは必要かなって思って。わたしだけの体ではないので」

「それは何よりです。ちなみに、試しに見せてもらうことはできますか？」

「いいですよ」

答えたあと、牧は息をひとつ吐いて、自分の頭を軽くノックした。手順があるらしい。内側からの応答を待つみたいに数秒の沈黙が挟まれたあと、目を閉じ始める。

その場でしゃがみこみ、牧は両手を地面の砂利につける。再び目が開かれるころには、瞳《ひとみ》の色がすでに変わっていた。

白猫のマキが顔を上げて、目を合わせてくる。黄色の瞳に、細く鋭い瞳孔《どうこう》。口を真一文字に結んで、感情がよく読めない。少し拗《す》ねているような気もする。

同じ目線になるように私もしゃがむ。数歩、マキが近づいてきてくれた。もしまた会えたら、伝えようと思っていたことがあった。

「手荒なことして、ごめんね。怒ってる？」

「……すこし」

「だよね」

ぷい、と顔をそむけて、それから小さく声が聞こえた。

「……また、なでてくれたら、ゆるス」

「ん、わかった」

抱きつきたい衝動に駆られたけど、なんとか抑えて、頭に手を伸ばす。ゆっくり撫《な》でてやると、口元がほころんでいくのが見えた。

「牧と話してくれて、ありがとう」

手を払うように頭を左右に振ったあと、マキは無言で背を向ける。数歩離れて、そこから急に立ち上がる。

振り返ると、すでに牧に戻っていた。どう？　と目で尋ねられる。答える前に恥ずかしくなったのか、顔をそらされた。仕草が白猫にそっくりだった。

これが牧の見つけた答え。

一緒に生きていく方法。

「いろいろ迷惑かけてすみませんでした。でも、後悔はしてません」

生水さんのほうを向いて、牧が頭を下げる。生水さんは静かにうなずく。優しく、すきとおった声で応える。

「よくたどりつきましたね。わたしには出せなかった答えです。素晴らしいと思いますし、尊敬します。完璧《かんぺき》でないと誰かは言うかもしれませんが、それでも、奇麗な生き方だとわたしは思います」

完璧じゃないけど奇麗。

なるほど、確かにぴったりの言葉だと思った。

ふもとに下りるころには遅刻ぎりぎりの時間だった。あのあと続いた生水さんのダイビンググッズの自慢が死ぬほど蛇足だった。

牧と並んで走り、学校に向かう。こうなるなら自転車を持ってくればよかったと思ったが、回収したきりパンクをまだ直せていなかった。

「最悪。筋肉痛に響く……」

「わたし猫と交代しようかな。起きるころには学校ついてる」

「なにそれズルい！　もうそんな使い方もできるの⁉」

うらやましすぎる能力だ。

住宅街の通りに入り、誰かの家の庭でのんびり寝ている猫を見つけたとたん、走るのが急にばからしくなった。諦《あきら》めて歩くと、遅刻するよ、と咎《とが》めるように牧が言う。それでも合わせて止まってくれる。

「遅刻してもいい。もう急がないことにした」

「何それ」

「完璧よりも、奇麗でありたいからね」

「だから意味わかんないって。使い方間違えてるし」

牧があきれるように溜息《ためいき》をつく。意味はないけど、笑いがこみあげる。とうとう噴き出すと、牧も一緒に、小さく笑った。

いつもの通学路に戻り、のんびり歩いて向かう。日本で一番猫の多い宮毛町《みやけちょう》。この町に入ったとたん、数分歩けば、そのひとは必ず猫に出くわすことを知る。

「ねえ、一歌《いちか》」

「なあに」

「……これでよかったと思う？」

横顔をのぞく。うつむいて、素直に不安そうな表情を浮かべていた。

この町に住む猫は時々、ひとを呪うことがある。

語られる内容はひとによってさまざまだ。この町に長く住んでいれば、誰もが一度はそんな種類の話を耳にする。そしてかくいう私も、そういう話を一つだけ持っている。

たとえば、幼馴染《おさななじみ》の体が猫に変わっていくのを目撃した話、とかはどうだろう？　それは確かに呪いにまつわる話かもしれないし、とらえかたによっては、何かが救われる祝福の話にもなる。

「牧らしくていいと思うよ」

「らしいって、どういうこと」

「不器用だけど誠実で。ぶっきらぼうで冷たくてそっけなく見えるけど、実はちゃんと色々考えてて。すごく賢いわけじゃないし、たくさん迷うけど、でもちゃんと最後には正解にたどりつけてて」

「……それ、褒めてる？　けなしてる？」

「お好きなほうで解釈してもらって」

尻《しり》を蹴《け》られた。

ひどい。

「よくそんなぽんぽん感想が出てくるよね」

「当然だよ」

「なんで」

「幼馴染だからね」

答えると、とたんに無言になった。

簡単な表情とか、難しい感情とか、ぜんぶ伝わってきて、こっちまで恥ずかしくなる。

牧の歩幅が小さくなって、自然に私が前に出る格好となる。速度を合わせて横に並ぼうか迷うけど、これがまた恥ずかしい。

結局、気にしないフリをして数歩前を行く。ほかに移れる話題がないかと探しているうちに、牧が小さく言ってきた。

「……そういえば、お礼してない」

「お礼？」

「助けてもらった借り。返してない」

「ああ、いいよ別に」

「よくない」

「いいってば」

「よくない。わたしの気がすまない」

あまりにもかたくなな抵抗で、思わず笑いそうになる。正直、予想していた反応だった。声を聞いてるだけでもいま、どんな顔をしているかがわかる。

これはちゃんと答えないと終わらないやつだ、と困っていると、ちょうど道の先にコンビニが見えてきた。適当な報酬を思いつく。

「じゃあ、コンビニのスイーツを何か一つ――」

振り返りながら、そう答えかけた瞬間だった。

ぐい、と腕をひかれてよろける。

驚いて声を上げる前に、つかんだ彼女が近づいてくる。そうして、みるみるうちに視界がすべて埋まっていき――。

「ふひぇっ？」

頬に、その唇が当たった。

すぐに離れて、数歩先まで牧が駆けていく。

「な、な、な、なななっ！」

触れられた頬に手を当てる。熱を帯びて、熱くて飛びあがりそうだった。

牧が振り返り、いたずらが成功したみたいに不敵に笑う。なんだ。なんだ。何が起こった。何された？　ええと、どんな顔すればいいんだっけ。というか本当に本物？

「い、いまのは牧？　それとも、白猫ちゃんのほう……？」

戸惑う私をさらに翻弄《ほんろう》するように、牧は無言のまままっすぐ見つめ返してくる。さっきまであんなに簡単にわかったのに、もう全然読めなくなっている。

そして、猫のような探る目つきと一緒に。

人間みたいな笑みを浮かべて、彼女は言ってくるのだった。

「にゃあ」

（了）

あとがき

好きなモノは何ですか？　と訊《き》かれると、ほんの少しだけ身構えてしまう瞬間がありま
す。マニアックな答えで相手を引かせてしまうかもしれない、という不安もあるにはある
のですが、それよりも心配なのは、答えたとき、次に相手がこちらの好きなモノへの熱量
といいますか、高い解像度を求められてしまうのではないかということです。
もしも期待されていたほどの知識を提供できなかったらどうしようとか、理解度が浅い
と呆《あき》れられたらどうしようとか、そもそも好きなモノへの解像度が私より高いひとなんて
たくさんいるだろうし、でも「好き」って他人と比べるものだったっけ？　とか、知識量
や解像度は別に「好き」の強さを測る指標とも限らないしな、とか、何かを好きでいるこ
とには覚悟が必要に思えるけど、でも「好き」ってもっと気軽でいいような気もするし、
とか、そうやって考えるうちに、気がかりの沼にどんどんハマっていってしまいます。
本作の主人公は「猫」と「幼馴染《おさななじみ》」が大好きな女の子で、少しひねくれているところ
があるけれど、好きなモノにはとにかく真っ直ぐな性格の持ち主です。そういう素直さは
見習わなければいけないなと、彼女たちを追いながら（書きながら）思いました。

好きなモノを書く勇気と機会をくださり、そしてサポートいただいた皆様にたくさんの感謝を伝えさせてください。企画段階から「面白そう！」と一緒に盛り上がってくださった担当編集の岩田《いわた》様、客観的かつ適切なご指摘をいくつもいただいた校正様。

それから、表紙イラストや挿絵を担当してくださったにゅむ様。出来上がったイラストを拝見するたびに性癖がくすぐられ続けました。牧の頭から生える猫耳の角度や生え具合（長さ）が最高でした。

その他、携わってくださったすべての皆様と、そして何より本書を手に取ってくださった読者の皆様。本当にありがとうございます。

それからありがたいことに、本作はコミカライズ企画も進行中だそうです。本作以上に、きっと皆様の「好き」に刺さる作品になるはずですので、そちらもぜひ。

それではまた、どこかで。

半田《はんだ》　畔《ほとり》

幼馴染《おさななじみ》は、にゃあと鳴《な》いてスカートのなか

著　半田《はんだ》　畔《ほとり》

角川スニーカー文庫　24219

2024年7月1日　初版発行

発行者　山下直久

発　行　株式会社KADOKAWA
〒102-8177 東京都千代田区富士見2-13-3
電話　0570-002-301（ナビダイヤル）

印刷所　株式会社暁印刷
製本所　本間製本株式会社

Printed in Japan　ISBN 978-4-04-114917-1　C0193

★ご意見、ご感想をお送りください★
〒102-8177 東京都千代田区富士見 2-13-3
株式会社KADOKAWA　角川スニーカー文庫編集部気付
「半田　畔」先生
「にゅむ」先生

[スニーカー文庫公式サイト] ザ・スニーカーWEB　https://sneakerbunko.jp/

角川文庫発刊に際して

角　川　源　義

第二次世界大戦の敗北は、軍事力の敗北であった以上に、私たちの若い文化力の敗退であった。私たちの文化が戦争に対して如何に無力であり、単なるあだ花に過ぎなかったかを、私たちは身を以て体験し痛感した。西洋近代文化の摂取にとって、明治以後八十年の歳月は決して短かすぎたとは言えない。にもかかわらず、近代文化の伝統を確立し、自由な批判と柔軟な良識に富む文化層として自らを形成することに私たちは失敗して来た。そしてこれは、各層への文化の普及滲透を任務とする出版人の責任でもあった。

一九四五年以来、私たちは再び振出しに戻り、第一歩から踏み出すことを余儀なくされた。これは大きな不幸ではあるが、反面、これまでの混沌・未熟・歪曲の中にあった我が国の文化に秩序と確たる基礎を齎らすためには絶好の機会でもある。角川書店は、このような祖国の文化的危機にあたり、微力をも顧みず再建の礎石たるべき抱負と決意とをもって出発したが、ここに創立以来の念願を果すべく角川文庫を発刊する。これまで刊行されたあらゆる全集叢書文庫類の長所と短所とを検討し、古今東西の不朽の典籍を、良心的編集のもとに、廉価に、そして書架にふさわしい美本として、多くのひとびとに提供しようとする。しかし私たちは徒らに百科全書的な知識のジレッタントを作ることを目的とせず、あくまで祖国の文化に秩序と再建への道を示し、この文庫を角川書店の栄ある事業として、今後永久に継続発展せしめ、学芸と教養との殿堂として大成せんことを期したい。多くの読書子の愛情ある忠言と支持とによって、この希望と抱負とを完遂せしめられんことを願う。

一九四九年五月三日